KB123666

로크미디어가
유혹하는
재미있는 세상

Taming Master

테이밍 마스터

테이밍 마스터 9

2016년 11월 4일 초판 1쇄 인쇄
2016년 11월 9일 초판 1쇄 발행

지은이 박태석
발행인 이종주

기획 팀 이기헌 송윤성 왕소현
책임 편집 최이슬

발행처 (주)로크미디어
출판등록 2003년 3월 24일
주소 서울시 마포구 성암로 330 DMC첨단산업센터 3층 314호
Tel (02)3273-5135 **Fax** (02)3273-5134
홈페이지 rokmedia.com **E-mail** rokmedia@empas.com

ⓒ 박태석, 2016

값 8,000원

ISBN 979-11-5999-839-3 (9권)
ISBN 979-11-5960-986-2 04810 (세트)

9

Taming Master

|박태석 게임 판타지 장편소설 |

테이밍마스터

ROK
MEDIA

로크미디어

CONTENTS

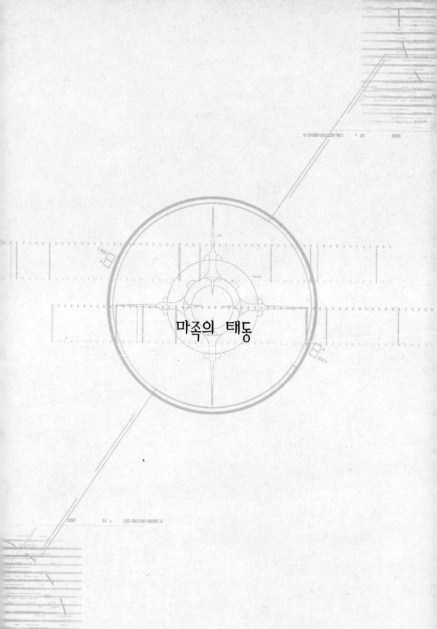

마족의 태동

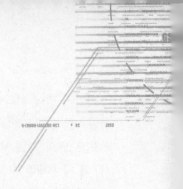

이안을 만난 이리엘은, 환하게 웃으며 그를 반겼다.

"어서 오세요, 이안 님. 정말 오랜만이네요."

"오랜만입니다, 이리엘 님."

입꼬리가 조금씩 올라가던 이안은 애써 표정 관리를 하려고 했지만, 그것이 쉽지는 않았다.

'와, 진짜 가상현실 그래픽 주제에 이렇게 예쁘다니. 물론 하린이가 더 예쁘지만!'

하린을 생각하며 정신을 차린 이안은 퀘스트를 이어 나가기 위해 다시 입을 열었다.

"수정구를 통해서도 대충 설명을 드렸지만, 전 임모탈의 부탁을 받고 왔습니다."

이안의 말에 이리엘이 짐짓 화가 난 표정을 지어 보이며, 장난스럽게 대꾸했다.

"임모탈의 부탁은 이렇게 빨리 들어주기 위해 움직이면서, 왜 제 부탁은 아직까지도 소식이 없는 거죠?"

도무지 농담인지 진담인지 구분이 가지 않는 이리엘의 역정(?)에 이안은 식은땀을 흘리며 기어들어가는 목소리로 대답했다.

"그, 그게…… 제가 아직 마스터 3레벨을 못 찍어서요."

이리엘이 이안에게 주었던 퀘스트 '마룡 칼리파의 그림자'의 퀘스트 진행 요건은, 소환술 마스터 3레벨이었다.

현재 이안의 '소환술'은 마스터에 진입하기는 했지만, 아직 마스터 2레벨이었다.

1레벨이 부족한 것이었다.

'170레벨이 넘도록 마스터 3레벨까지 찍지 못할 줄은 몰랐네.'

처음 이 퀘스트를 받았을 때는 150레벨 정도면 진행할 수 있는 퀘스트인 줄 알았던 것이었다.

이안의 변명에 이리엘이 웃으며 대답했다.

"알고 있어요. 이안 님의 능력이 아직 조금 부족한 거. 그냥 장난 한번 쳐 봤어요."

하지만 이안은 장난이라는 말이 더 무서웠다.

'뭐야…… NPC 주제에 장난도 칠 줄 아는 거야?'

그리고 두 사람이 몇 마디를 더 주고받은 뒤, 이리엘이 메인 퀘스트와 관련된 이야기를 본격적으로 꺼냈다.

"그나저나, 이안 님. 마족에 대한 정보를 알고 싶다고 하셨죠?"

이안은 곧바로 고개를 끄덕였다.

"네, 임모탈의 말에 의하면, 천 년 전에 대륙에 침공했던 마족들의 기운이 언제부턴가 느껴진다고 하더라고요. 그들을 상대하기 위해서는 정보가 필요하다고, 이리엘 님께 가면 얻을 수 있을 거라고 했어요."

이안은 자신이 말을 해 놓고도 약간 의문에 빠졌다.

'그런데 대체 어떤 정보를 알려 준다는 거지? 뭐, 마족의 약점이라도 알려 주는 건가? 쉽게 사냥할 수 있는 방법이라든가…… 그럼 좋을 텐데. 그리고 정보를 얻으면 그냥 그대로 퀘스트 완료인 거잖아.'

하지만 임모탈로부터 받은 '마족의 태동' 또한 엄연히 S급 난이도를 가진 퀘스트였다.

당연히 그렇게 날로 먹을 수 있을 리 없었다.

이리엘이 웃으며 입을 열었다.

"잠시만요, 제가 안에서 물건을 좀 찾아올게요. 너무 오래 전에 기록된 내용들이라, 찾는 데 시간이 좀 걸릴 수도 있어요."

"네? 네, 뭐……."

이안은 뒷머리를 긁적이며 옆에 있던 바위에 걸터앉았고, 이리엘은 자신의 집으로 들어갔다.

그리고 잠시 후, 그녀가 양손에 알 수 없는 물건을 하나씩 들고 나왔다.

왼쪽 손에 든 것은 낡은 두루마리 같은 모양을 가진 물건이었고, 오른손에 든 것은 마개로 입구가 막혀 있는 호리병 같은 모양새였다.

"자, 이것들 받으세요."

이안은 아리송한 표정으로 물건을 받아 들었고, 한 번씩 살펴본 뒤 이리엘에게 물었다.

"뭐에 쓰는 물건인가요?"

이리엘이 차분한 목소리로 설명을 이었다.

"일단 그 양피지 안에는 과거 마족들과의 전쟁을 통해 얻은 그들에 대한 정보들이 들어 있어요."

이리엘의 말에 이안이 곧바로 돌돌 말려 있는 양피지를 펼치려고 했다.

"음…… 이렇게 펴면 되는 건가?"

하지만 이리엘이 곧바로 그를 말렸다.

"아뇨, 지금은 펴지 마세요."

"왜요?"

"지금은 펴 봐야 아무 의미 없거든요. 그 안에 쓰인 내용은 지금 봉인되어 있어요."

"아하!"

그리고 이안은 곧 이 퀘스트가 어떻게 진행될지를 직감했다.

'이 호리병에 또 뭘 모아 오라고 하겠군. 난이도가 애매한 싱글S인 걸 보니 그렇게 어려운 걸 줄 것 같지는 않고. 사이즈가 딱 지긋지긋한 채집 퀘스트야.'

이안의 예상은 그대로 적중했다.

하지만 일반적인 퀘스트와는 조금 거리가 있었다.

"그 호리병은 고대의 마법으로 제작된 아티팩트에요. 그 병을 들고 마물을 사냥하면, 사냥한 마물의 영혼을 담을 수 있죠."

"오호⋯⋯."

'마물'이라는 말은 곧바로 이안의 호기심을 자극했다.

'뭐지? 카일란 최초로 마계에라도 갈 수 있게 되는 건가?'

두 사람의 대화가 이어졌다.

"이안 님은 이 사랑의 숲도 일종의 이계異界라는 걸 알고 계시나요?"

"네, 전에 그리퍼 님께 들은 적이 있어요."

"그럼 설명이 편하겠군요."

잠시 뜸을 들인 이리엘이 말을 이었다.

"마계도 이 사랑의 숲처럼 이계라고 할 수 있어요. 그리고 지금 제 능력으로 마계의 외곽 지역으로 통하는 차원문을 열

수 있죠."

이안의 눈이 살짝 커졌다.

"오오!"

"물론 부족한 제 능력으로는 오랜 시간 동안 차원문을 지속시킬 수가 없어요. 아마 길어야 반나절 정도일 거예요."

"그렇군요."

이리엘이 고개를 끄덕이며 설명을 마무리했다.

"제가 만들어 낸 차원문으로 들어가, '라쿰'이라는 하급 마물을 사냥하세요. 라쿰의 영혼을 이 호리병에 이백 개 담아 오시면, 그걸 이용해서 양피지에 걸린 봉인을 풀 수 있을 거예요."

그리고 예의 그 퀘스트 알림음이 떠올랐다.

띠링-.

마족의 태동 Ⅰ (히든)(연계)

사랑의 숲의 관리자이자 뛰어난 엘프 소환술사인 이리엘은 마계로 통할 수 있는 차원문을 열 수 있는 힘을 가지고 있다.

그녀는 당신에게 천 년 전부터 내려온 마법의 호리병과 마족들에 대한 정보가 담겨 있는 고대의 양피지를 건네 주었다.

하지만 양피지에는 봉인이 걸려 있어 그 내용을 확인할 수 없었고, 봉인을 풀기 위해선 '라쿰'의 영혼이 필요하다.

호리병에 '라쿰'의 영혼을 이백 개 모아서 이리엘에게 돌아오자.

퀘스트 난이도 : S

퀘스트 조건 : 신룡 카르세우스를 가진 소환술사

　　　　　　　소환술 마스터 1레벨

제한 시간 : 없음

한국에 현존하는 게임 개발사 중, 가장 거대한 덩치를 자랑하는 회사는 단연 카일란의 개발사인 LB사였다.

그리고 LB사는 다른 게임개발사들과 달리 무척이나 특이했다.

일반적으로 한국 게임 업계는 대형 퍼블리셔들이 크고 작은 개발사들의 게임을 퍼블리싱하고 마케팅과 론칭을 해 주는 방식으로 서비스되는데, LB사는 카일란이라는 단 하나의 게임만을 개발, 운영하면서도 한국 게임 업계에 있는 그 어떤 회사보다도 거대했기 때문이다.

그리고 그것에 대한 해답은, 바로 '카일란'의 게임 점유율에 있었다.

처음 카일란이 등장할 때도 물론 대단한 관심을 받았지만, 일 년도 훨씬 지난 지금, 가상현실 게임 업계의 95퍼센트 이상의 점유율을 카일란이 가져간 것이었다.

게다가 가장 고무적인 점은, 원래 게임을 즐기지 않던 사람들까지도 게임을 하게 만들어서 가상현실 게임 업계 전체의 파이 자체가 커지고 있다는 점이었다.

　서울 근교에 자리 잡고 있는 LB사의 본사 빌딩.
　그곳의 꼭대기에 있는 커다란 회의실에서, 정숙한 가운데 PT가 진행되고 있었다.
　그리고 그 내용은 이번에 새로 서비스하게 될 신규 업데이트에 관한 것들이었다.
　"이상으로, 3차 업데이트에 관련된 기획부의 PT를 모두 마치겠습니다."
　대형 스크린 앞에 선 남자가 고개를 숙여 보이며 PT를 마무리하자, 정갈한 박수 소리가 울려 퍼졌다.
　짝짝짝-.
　그리고 회의실의 가장 상석에 앉아 있는 노년의 사내.
　바로 LB사의 대표이자 가상현실 게임 업계의 대부인 고운찬이 천천히 입을 열었다.
　"발표 내용 잘 들었습니다, 김 실장."
　"감사합니다, 대표님."
　고운찬이 콧잔등 밑으로 살짝 흘러내린 안경을 고쳐 쓰면서 다시 말을 이었다.
　"그래서 김 실장 생각에, 이번 업데이트가 지난 두 번의 업데이트와 가장 차별화된 부분이 어떤 점이라고 생각하는가?"
　고운찬의 말에 김 실장이라 불린 남자는 신중히 입을 떼기 시작했다.

고운찬은 십수 년 전부터 기획자로서 이름을 날리던 인물
이었고, 그렇기 때문에 그는 매 업데이트마다 콘텐츠 하나하
나에 직접 관여를 할 정도로 기획에 민감했다.

"가장 두드러지는 점은, 지금까지와는 달리 유저들에 의
해서 변화하는 콘텐츠라는 것입니다."

"변화한다……라."

"그렇습니다. 기존의 콘텐츠들은 자유도가 높기는 했어도
결국에 깔리는 판 자체는 정해진 범위 안에서 움직이는 것이
었고, 누가 어떤 플레이를 하든 시간과 성과의 차이일 뿐 방
향성 자체는 같았습니다. 하지만 이번 콘텐츠는 그렇지 않습
니다. 유저들의 역량에 따라서 판 자체가 아예 바뀌어 버리
게 되죠."

고운찬은 고개를 끄덕이며 짧게 입을 열었다.

"좋아, 계속해 보도록."

김 실장이 말을 이었다.

"일례로 첫 번째로 열리게 될 마계 콘텐츠의 경우, 대륙
곳곳에 뿌려질 사전 퀘스트들을 유저들이 어떤 식으로 풀어
나가느냐에 따라 마계와의 전쟁이 어디서 시작될지가 결정
됩니다."

목이 타는지 잠시 뜸을 들인 그가 다시 입을 열었다.

"경우의 수는 저희 기획 팀이나 개발 팀조차 정확히 알 수

없을 정도로 무궁무진하지만, 만약 유저들이 이상적인 방향으로 퀘스트들을 성공해 낸다면, 첫 번째 전쟁은 유저들의 '마계 침공'으로 시작될 겁니다."

고운찬이 그의 말을 받았다.

"그렇지 못한다면 반대로 마계의 침공을 방어하는 형국으로 전쟁이 시작되겠군?"

김 실장이 고개를 끄덕였다.

"그렇습니다, 대표님. 그리고 그 시작이 어떤 식으로 진행되느냐에 따라 콘텐츠의 성질 자체가 완전히 바뀌게 됩니다."

"그렇군. 확실히 이 부분은 참신해."

턱수염을 잠시 만지작거리던 고운찬이 새로이 질문을 던졌다.

"그렇다면, 그 사전 퀘스트라는 건 언제부터 유저들이 접할 수 있게 되는 건가?"

김실장이 곧바로 대답했다.

"이미 대륙 곳곳에 관련 퀘스트를 뿌려 놓았고, 그에 맞춰 이미 진행하고 있는 유저들도 몇몇 있는 것으로 압니다. 하지만 본격적으로 마계와 관련된 퀘스트가 생성되기까지는 빠르더라도 일주일은 걸리지 않을까……."

그런데 김 실장이 열심히 브리핑을 하고 있던 그 때, 회의실 문이 벌컥 열리며 누군가가 들어왔다.

쾅─.

그에 안에 있던 모두의 시선이 그 방향을 향했고, 입구에 앉아 있던 남자가 들어온 이를 향해 소리쳤다.

"자네 누구야? 회의 중에 이렇게 난입하면 어떻게 하는가!"

하지만 숨을 헐떡이며 들어온 남자는, 그에 대한 대답조차 하지 않고 헐떡거리는 목소리로 브리핑 중이던 김 실장을 향해 소리쳤다.

"큰일 났습니다, 김 실장님!"

"뭐야, 유 대리, 무슨 일이야?"

기본적으로 다른 업종보다 사내 분위기가 자유로운 편인 게임 회사임에도, 이런 적은 처음이었기에 다들 당황스러워했다.

하지만 고운찬은 흥미로운 표정으로 두 사람의 대화를 지켜보고 있었다.

그리고 잠시 심호흡을 한 유대리가 다급하게 입을 열었다.

"마계의 문이 열렸습니다!"

한편, 이리엘이 만들어 낸 차원문으로 진입한 이안은 무척 신기한 경험을 하고 있었다.

지금까지는 한 번도 보지 못한 새로운 종류의 시스템 메시지가 떠오른 것이었다.

-마계 127구역, 임시 오픈 존에 입장하셨습니다.

-수월한 신규 지역 테스팅 플레이를 위해, 임시로 '항마력' 능력치를 99만큼 부여받습니다.

-이제부터 마계의 모든 적들에게 받는 피해량의 99퍼센트가 흡수됩니다.

이안은 두 눈을 가늘게 떴다.

'이게…… 뭐지?'

이안의 머리가 빠르게 회전하기 시작했다.

'임시 오픈 존이라…… 게다가 테스팅 플레이? 뭔가 꿀 같은 냄새가 나는데?'

지금껏 카일란은, 수많은 유저들이 사용함에도 버그나 시스템상의 허점이 발견되지 않은 유일무이한 가상현실 게임이었다.

하지만 카일란을 제외한 다른 가상현실 게임에서는 버그나 시스템 오류가 발견되는 게 비일비재했고, 이안은 그런 게임들도 많이 플레이해 본 유저였다.

'여기는 아직 오픈 준비가 덜 된 지역이었던 건가?'

이안은 하나하나 추리해 나가기 시작했다.

'테스팅 플레이를 위해 항마력이라는 능력치를 부여했다는 말은, 게임 QA를 위해 맵의 난이도를 대폭 낮췄다는 말인 것 같은데…….'

QA란, Quality Assurance의 약자로, 게임이 일정 수준의 품질Quality을 가질 수 있도록 제품 출시 이전에 각종 테스트 및 검수 작업을 하는 업무를 말한다.

이안은 캐릭터 정보창에 새로 생긴 항마력이라는 능력치를 확인해 보며 히죽 웃었다.

이 능력치는 다른 곳에서는 몰라도 이 마계 안에서만큼은 엄청난 사기 능력치임이 분명했다.

이안은 카이자르를 비롯해 가신들과 소환수들의 능력치도 확인해 보았다.

그리고 모든 정보 창에 '항마력 +99'라는 글귀가 붙어있는 것을 보고는 입 꼬리를 슬쩍 말아 올렸다.

'이렇게 되면 최소 반나절 동안은 마계에서 군림할 수 있는 건가?'

지금 상황은 분명히 정상적인 플레이가 가능한 상황이 아니었다.

이안은 분명히 그것을 인지하고 있었다.

'크크, 카일란은 진짜 완벽히 괴물 같은 게임인 줄 알았는데, 이런 허점을 보여 줄 줄이야.'

하지만 이안은 순순히 이곳에서 나가 줄 생각이 없었다.

오히려 있는 대로 분탕질은 다 칠 작정이었다.

'피해량 99퍼센트 감소 버프 정도면 마왕이라도 잡을 수 있지 않을까?'

누가 보기라도 한다면 치팅 플레이어라고 비난할 수도 있겠지만, 그런 건 상관없었다.

아무리 공정하지 못하다고 하더라도 그 수혜자가 자신이 된다면, 누구나 신이 날 수 밖에 없는 법.

이안은 콧노래를 흥얼거리며 걸음을 옮기기 시작했다.

울긋불긋하고 괴이한 형태를 한 맵이, 무척이나 공포스러운 분위기를 조성하고 있었지만, 그런 것은 눈에도 들어오지 않았다.

'제발 이 항마력이라는 스텟이 제대로 작동했으면 좋겠는데…….'

그리고 잠시 후, 이안은 마계에서 첫 번째 몬스터를 발견할 수 있었다.

-라쿰 : Lv 205/하급 마수

레벨이 무려 205나 되는, 거대한 검붉은 쥐 형태를 한 마수인 라쿰이었다.

이안은 주변을 확인한 뒤 조심스럽게 몬스터에게 싸움을 걸었다.

'혹시나 항마력이 작동하지 않는다면, 전력을 다해 싸워야 잡을 수 있는 상대일 테니까.'

이안 일행이 다가오자, 라쿰은 눈을 부라리며 이안을 향해 달려들었고, 이안은 일부러 한쪽 팔을 라쿰의 공격에 노출시켰다.

콰콱-!

라쿰은 기다렸다는 듯 이안의 팔을 물어뜯었고…….

ㅡ하급 마수 '라쿰'의 공격을 받았습니다.

ㅡ강력한 항마력으로 인해 9,405만큼의 피해를 흡수합니다.

ㅡ생명력이 95만큼 감소했습니다.

주르륵 떠오르는 시스템 메시지를 확인한 이안은, 두 주먹을 불끈 쥐었다.

"아자!"

그리고 라쿰과 싸우던 카이자르는 고개를 갸웃하며 이안을 불렀다.

"영주 놈아."

"왜, 가신님아."

실실 웃으며 대답하는 이안.

카이자르는 영문을 모르겠다는 표정으로 말을 이었다.

"여기 마계 맞아? 내가 아는 마수들은 이렇게 허약하지 않다."

그에 이안이 씨익 웃으며 대답했다.

"가신님아, 항마력이라고 혹시 알아?"

카이자르가 고개를 천천히 끄덕였다.

"그렇다. 항마력이라면 알고 있지. 마기에 의한 피해를 일정량 이상 입을 때마다 그에 대한 내성이 조금씩 생기는 걸 항마력이라고 부른다고 알고 있다."

이안이 창대를 빠르게 휘저으며 라쿰을 처치한 뒤, 천천히 입을 열었다.

"우리한테 지금 그게 99포인트나 생겼거든."

카이자르는 놀란 표정이 되어 다시 물었다.

"……어째서지?"

이안이 광소를 터뜨렸다.

"크하하핫, 그걸 내가 어떻게 알아? 일단 여기 다 쓸어버리고 생각하자고!"

LB사 본사 건물의 지하에는, 무척이나 넓은 평수를 차지하는 거대한 모니터링실이 있었다.

카일란이 워낙에 방대한 게임이다 보니 모니터링 하는데 드는 인력만 오백 명이 넘었고, 그렇기 때문에 모니터링실에는 수백 대의 컴퓨터가 주르륵 깔려 있었다.

하지만 수백이 넘는 인원이 들어차 있음에도, 업무 특성상 말이 오갈 일 없었기 때문에 모니터링실은 항상 조용했다.

그런데 어쩐 일인지, 오늘은 무척이나 어수선한 분위기였다.

그리고 그 웅성거리는 소리의 근원지는, 모니터링실 구석에 있는 테스팅존 모니터링 파트였다.

"와, 진짜 이 타이밍에 마계 진입 퀘스트까지 뚫은 미친놈이 있을 줄은 상상도 못 했네."

파트장은 어이없다는 표정으로 이마에 손을 올린 채 벽에 붙어 있는 대형 스크린을 뚫어져라 보고 있었다.

그리고 그 주변에는 십 수 명의 인원이 안절부절못하는 표정으로 함께 화면을 응시하고 있었다.

"파트장 님, 어떡합니까? 지금 서버 팀에 연락해서 강제로 셧 다운이라도 시켜야 하는 거 아닙니까? 아니면 저 유저라도 강제 아웃시켜야……."

한 부하 직원의 말에, 파트장이 두 눈을 부라리며 신경질적으로 대답했다.

"하, 박 주임, 그게 가능했으면 지금 내가 이러고 있었겠습니까? 카일란은 가상현실 게임이에요, 가상현실 게임! 저 상황에서 유저를 강제로 아웃시키면, 플레이어의 몸에 손상이 갈 수도 있다는 말입니다. 물론 크게 위험한 수준은 아니지만 자칫 조금이라도 이 일로 인해 플레이어가 다친다면, 회사에 얼마나 타격이 클지 생각이나 해 봤어요?"

속사포처럼 말을 쏟아 내는 파트장을 보며, 박 주임이라 불린 여자는 고개를 푹 숙였다.

그녀는 일 년이 넘게 그의 밑에서 일했지만, 항상 온화하던 그가 이렇게 신경질을 내는 것은 처음 보았다.

파트장은 말없이 화면 속의 인물을 응시하며 계속해서 식은땀을 흘렸다.

'대체 저 유저는 어떻게 벌써 마계 관련 퀘스트를 얻은 거지?'

유저가 신규 콘텐츠에 이렇게 가깝게 접근했다는 것을 모르고 있었다는 건, 어떻게 보면 모든 부서 중 모니터링 팀에게 가장 큰 책임이 있었다.

그리고 그 모든 책임을 져야 하는 자리에 있는 사람이 바로 그였기 때문에, 그는 너무도 조마조마했다.

그는 주머니 속에 있던 스마트폰을 들어 어딘가로 전화를 걸었다.

"아, 이 팀장님, 혹시 지금 잠시 통화 괜찮으십니까?"

그리고 전화 너머로 칼칼한 남자의 목소리가 들려왔다.

ー모니터링 팀 파트장님이십니까?

"네, 그렇습니다."

ー그 마계 뚫린 사건 때문에 전화 주신 거죠?

그 말에 파트장은 잠시 움찔했다.

벌써 회사 전체에 퍼져 버린 줄은 몰랐기 때문이었다.

그는 곧 한숨을 푹 쉬며 대답했다.

"후우, 네. 콘텐츠 관리팀에도 벌써 얘기가 들어갔군요. 맞습니다. 그 사건 때문에 전화 드린 게 맞습니다."

파트장이 콘텐츠 관리팀에 전화를 건 이유는 다른 것이 아니었다.

저 망할 골칫덩이 유저가 멋대로 마계를 휩쓸고 다니면서 어떠한 이득을 취할 수 있는지를 알고 싶었기 때문이었다.

그것을 알아야 기획 팀과 상의해서 대책을 세울 수 있을 것 같았다.

파트장은 스크린을 계속 주시하며 그가 움직이는 경로와 마계에서 벌이고 있는 일들에 대해 스마트폰에 대고 찬찬히 설명했고, 잠시 후 관리 팀장의 대답이 들려왔다.

-음, 일단 가장 다행인 부분은 지금 마계에 등장하는 몬스터들이 경험치 보상을 주지 않는다는 점입니다. '이안'이라는 유저가 아무리 사냥을 하더라도 경험치는 차오르지 않는다는 이야기죠.

그 말에 파트장의 표정이 살짝 밝아졌다.

"아, 그렇습니까?"

하지만 그는 동시에 의문이 생겼다.

"그렇다면 대체 왜 저 유저는 저렇게 닥치는 대로 몬스터를 잡고 있는 겁니까?"

잠시간의 정적이 흐르고 곧 스마트폰 너머로 심각한 목소리가 들려왔다.

-그것은…… 아마 마정석 때문일 겁니다.

-하급 마수 '라쿰'을 처치하셨습니다.

-경험치를 0 만큼 획득합니다.

-명성치를 0 만큼 획득합니다.

-'최하급 마정석' 아이템을 획득했습니다.

시스템 메시지를 읽어 내려간 이안은, 주먹을 불끈 쥐며 소리쳤다.

"아자, 또 하나 나왔고!"

인벤토리에 들어간 마정석을 확인한 이안은 뿌듯한 표정을 지었다.

이 '마정석'은 경험치 하나 주지 않는 마계에서 무한 노가다를 하게 할 만큼이나 매력적인 아이템이었다.

최하급 마정석

분류 : 잡화　　　　　　　　　　**등급 : 없음**
내구도 : 50/50
순도 높은 마계의 에너지가 담겨 있는 진귀한 보물이다. 마정석을 사용한다면, 장비를 더욱 강력하게 만들 수 있다.
*최하급 마정석은 +5강 이하인 장비에만 사용할 수 있다.
*장비 강화에 성공할 확률이 무척이나 낮지만, 강화에 실패하더라도 장비가 손상되지는 않는다.

이것은 바로 카일란에 최초로 등장한 강화 콘텐츠였다.

경험치, 명성치를 아예 얻을 수 없음에도 이안이 눈에 불을 켜고 마수들을 쓸어 담는 이유가 여기에 있었다.

이안은 마정석을 들어 '정령왕의 심판' 아이템에 사용하며 속으로 연신 중얼거렸다.

'제발…… 되라, 제발! 벌써 열다섯 개나 발랐는데, 이번엔 성공할 거야!'

마정석을 사용하자 허공으로 두둥실 떠오르는 이안의 창, '정령왕의 심판'.

이안은 양손으로 두 눈을 가린 채 손가락 사이로 힐끔힐끔 강화 장면을 훔쳐보았다.

그리고 잠시 후, 이안이 원했던 메시지가 울려 퍼졌다.

후우웅ㅡ!

ㅡ'정령왕의 심판' 아이템을 강화하는 데 성공하셨습니다!

ㅡ'정령왕의 심판' 아이템이 +2강에서 +3강으로 강화되었습니다.

ㅡ강화 결과

공격력 : 2,190~2,406 → 2,372~2,606

모든 전투 능력 +180 → 모든 전투 능력 +195

통솔력 +240 → 통솔력 +260

친화력 +180 → 친화력 +195

이안의 마계 탐방기

Taming
Master

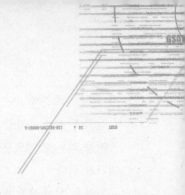

이안은 양손을 번쩍 치켜들며 환호했다.

"아자잣!"

'정령왕의 심판'이 허공에 떠오른 채 황금빛으로 찬란히 빛났다.

이안은 너무 기뻐서 눈물이 날 것 같았다.

"끄으, 고작 3강 만드는 데 2시간이나 걸리다니!"

이안은 이 와중에, 강화할 때마다 증가하는 능력치도 전부 메모해 두었다.

그리고 그 결과, 간단히 강화 비율을 알 수 있었다.

"한번 강화할 때마다 초기 능력치의 10퍼센트만큼씩 상승하는구나. 그럼 10강까지 올리면 원래 무기 능력치의 두 배가 된다는 소린데…….”

강화 단계가 올라갔을 때 상승폭이 더 커질 수는 있겠지만 줄어들 리는 없었으므로, 10강 무기는 최소 2배 강력하다는 얘기가 된다.

이안은 실실 웃으며 다시 걸음을 옮겼다.

단 한 시간도 낭비할 생각이 없었다.

지금 해야 할 일은 오로지 사냥, 그리고 또 사냥뿐이었다.

이 버그가 풀리기 전에 최대한 많은 이득을 챙겨야 했다.

“라이, 카르세우스! 정면으로 과감히 공격해! 저 녀석 패턴은 이제 다 외웠을 테니까 공격은 최대한 피해 보도록 하고.”

이안의 명령에 카르세우스가 의아한 표정으로 대답했다.

─음…… 피하라고 해서 피하고 있기는 하지만, 대체 왜 피해야 하는지 모르겠군. 맞아도 간지럽기만 하다.

카르세우스의 의문에 이안이 친절히 대답해 주었다.

“지금이야 항마력 때문에 대미지가 안 들어오지만, 다음에 올 때는 항마력 없이 저 괴물들이랑 싸워야 한단 말야. 미리 공격 패턴 파악해 놓으면 그때 편하지 않을까, 모질아?”

옆에 있던 라이가 고개를 끄덕였다.

─역시, 주인은 똑똑하다.

카르세우스는 고개를 절레절레 흔들었다.

─……똑똑한 게 아니라 지독한 것 같다.

어찌 되었든 날뛰는 카이자르를 필두로, 이안 일행은 계속해서 라쿰을 잡으며 전진해 나갔다.

맞아도 대미지가 거의 들어오지 않는다는 사기적인 항마력 스텟 덕분에, 이안은 더욱 과감한 플레이를 할 수 있었다.

그리고 그것은 적의 공격 패턴과 공략 방식을 파악하는 데 더 큰 도움이 되었다.

'라쿰의 약점은 왼쪽 눈이군. 한쪽 눈만 빨갛게 빛이 나서 왜 그런가 했더니……'

이안은 라쿰의 공격을 물 흐르듯 피해 내며, 창극을 비틀어 라쿰의 왼쪽 눈에 찔러 넣었다.

그리고 본래 능력치의 130퍼센트를 발휘하게 된 정령왕의 심판은, 정말 어마어마한 능력치를 자랑했다.

꾸에에엑-!

듣기 거북한 마수의 괴성이 울려 퍼졌다.

이안의 공격 단 한 방에 라쿰의 생명력이 40퍼센트 가까이 줄어들어 버렸다.

라쿰의 약점까지 알게 되자, 사냥 속도는 더욱 빨라졌다.

"약점을 공격하면 거의 20배 이상의 대미지가 들어가는구나. 어쩐지 방어력이 비상식적으로 높다 했어."

이안의 공격에 이어 카이자르와 카르세우스, 그리고 라이의 협공이 들어가자 라쿰의 몸이 그대로 무너져 내렸다.

쿵-.

-하급 마수 '라쿰'을 처치하셨습니다.

－경험치를 0 만큼 획득합니다.

－명성치를 0 만큼 획득합니다.

－'라쿰의 이빨' 아이템을 획득했습니다.

이안은 인벤토리에 라쿰의 이빨을 잘 챙겨 넣었다.

리쿰의 이빨은 무려 유일 등급의 제작 재료다. 대장장이들에게 팔면 높은 값을 받을 수 있을 게 분명했기에, 차곡차곡 모아 두는 중이었다.

"좋아, 좋아. 경험치도 올랐으면 더 좋았겠지만, 그건 너무 큰 욕심이겠지."

그런데 이안의 옆에서 그의 중얼거림을 듣던 라이가, 문득 그를 돌아보며 입을 열었다.

－주인, 그런데 아직 라쿰의 영혼 이백 개를 못 모았는가? 이미 수백 마리는 잡은 것 같은데…… 기분 탓이겠지?

라이의 물음에, 이안이 입꼬리를 말아 올리며 대답했다.

"아니, 호리병은 이미 2시간 전에 가득 채웠는데?"

이번엔 카르세우스가 다가와 칭얼거렸다.

－너무 지루하다, 주인. 목적을 이뤘으면 이제 돌아가는 게 어떤가?

하지만 물론, 이안은 돌아갈 생각이 전혀 없었다.

"싫어. 눈이 저절로 감겨서 로그아웃될 때까지 여기서 안 나갈 거야."

카르세우스가 질린 얼굴로 한숨을 푹 쉬었다.

－하아…….

반면, 라이는 날카로운 이빨을 드러내며 만족스러운 웃음을 지었다.

─좋다, 주인. 나는 여기가 마음에 든다.

그리고 이안의 이 발언은, 가상현실 밖의 누군가에게 엄청난 대미지를 주었다.

"파트장님, 지금 쟤가 하는 말 들으셨죠?"

"들었다, 후우……."

벌써 10시간 째 이안만을 모니터링하던 신규 지역 모니터링 팀은, 그 자리에서 주저앉을 뻔했다.

퇴근 시간은 이미 2시간이나 훌쩍 넘긴 상태였다.

저 이안이라는 지독한 놈이 무슨 짓을 벌일지 모르기에, 그가 로그아웃할 때까지는 모니터링 팀이 자리를 지켜야 했다.

스크린 속의 이안이 방금 지껄인 대로라면, 모니터링 팀의 퇴근 시간은 요원해진 것이다.

"하, 어떻게 사람이 저렇게 로봇 같을 수가 있지?"

"동감입니다, 파트장님. 지금 5시간 째 제대로 쉬지도 않고 같은 패턴으로 계속 사냥 중이에요. 총 사냥 시간은 10시간도 넘은 것 같고요."

"이러다가 저희 오늘 퇴근 못하는 거 아니에요? 큰일 났네,

오늘 저녁 약속이야 이미 파토 났지만, 내일은 주말인데……."

한 사원의 말에 모두의 표정이 급격히 어두워졌다.

저 이안이라는 놈 때문에 주말을 통째로 날려 버릴 수도 있다는 생각이 불현듯 든 것이었다.

파트장이 지끈거리는 머리를 한 손으로 감싸며 중얼거렸다.

"그래도 1~2시간 뒤면 포털이 닫히니까, 그때까지만 한번 기다려 보자."

"아, 정말요? 그런데 1시간 뒤에 포털이 닫히는 거면 무조건 그때 나와야 하는 거 아닌가요?"

파트장이 낮게 한숨을 내쉬며 대답했다.

"보통 사람이라면 그렇게 하겠지. 포털이 닫히면 사망하지 않는 이상 마계에서 나올 방법이 없으니까. 하지만 저놈은 왠지 포털이 닫히건 말건 신경 쓰지도 않을 것 같은데?"

"……."

조금은 밝아질 뻔했던 모니터링실의 분위기가, 다시금 급격히 어두워졌다.

그들은 다시 스크린을 향해 시선을 옮겼다.

꾸룩- 꾸루룩-!

열심히 사냥을 하며 맵을 이 잡듯 뒤지던 이안은, 멀찍이

서 날아오는 핀을 보며 반갑게 손을 흔들었다.

"핀아, 여기야, 여기."

그리고 이안을 향해 날아온 핀이 날아온 방향을 향해 날갯짓을 하며 부리를 흔들었다.

꾸룩- 꾸꾹-!

"다음 맵으로 가는 게이트를 찾았어?"

이안의 말에 핀이 고개를 끄덕였다.

꾹- 꾸꾹-!

그에 이안은 환하게 웃으며 핀의 등에 올라탔다.

그리고 카르세우스를 향해 시선을 돌렸다.

"모질아, 나머지 인원 좀 등에 태워 줘."

이안의 말에 카르세우스가 얼굴을 찌푸렸다.

-크흠, 너무 많은데…….

"뭐가 많아? 네 등이 얼마나 넓은데. 라이랑 카이자르 둘도 못 태워?"

카이자르는 말없이 카르세우스의 등에 올라탔고, 라이 또한 뒤따라 올라갔다.

그리고 이안을 태운 핀이 날아오르자, 카르세우스의 거구가 그 뒤를 따랐다.

그런데 그때, 이안의 눈앞에 시스템 메시지가 떠올랐다.

띠링-.

-'사랑의 숲'으로 통하는 차원문이 5분 뒤에 닫힙니다.

─차원문이 사라지면 사랑의 숲으로 되돌아갈 수 없으며, 되돌아가기 위해서는 마계 안에서 사망해야만 합니다.

─남은 시간 : 00:04:58

메시지를 확인한 이안은 순간 움찔했다.

'아, 맞다. 이리엘이 반나절 밖에 유지할 수 없다고 했었지.'

정신없이 사냥하다 보니 이리엘의 주의 사항을 잊고 있었던 것이었다.

하지만 역시 이안은, 경고 메시지를 보고도 무척이나 태연했다.

'지금 여기서 나가면 이런 기회가 다시 안 올지도 몰라. 절대로 그럴 수 없지.'

사망해야만 마계에서 나갈 수 있다는 말은, 곧 나갈 방법이 없지는 않다는 말이었다.

항마력이 99퍼센트의 피해를 흡수해 버리기 때문에 죽는 것도 쉽지 않기는 했지만, 그 외에도 이안은 믿는 구석이 있었다.

'내가 로그아웃이라도 하면, 개발 팀에서 알아서 내 캐릭터를 바깥으로 빼내거나 하겠지 뭐.'

이미 머리 개발사의 머리 꼭대기에 올라가 있는 이안이었다.

이안은 정말 체력이 버티는 한 절대로 로그아웃하지 않을 생각이었다.

'이제 무기 하나, 반지 두 개, 머리 장식까지는 3강으로 올려 뒀고⋯⋯.'

5강까지는 최하급 마정석으로 올리는 게 가능하다고 써 있었지만, 확률이 너무도 낮았다.

그렇기에 이안은 일단 전설 등급 이상인 아이템들은 3강까지 전부 만드는 중이었다.

'강화도 강화지만, 마계에 대한 정보를 최대한 많이 수집해야 돼. 내 눈이 감기기 전에 말이지.'

거의 명량해전에 임하는 이순신 장군 수준의 비장함을 품는 이안이었다.

그리고 그를 태운 핀이 빠르게 마계 127구역의 외곽을 향해 날아갔다.

무척이나 드넓었던 127구역과는 달리, 깊숙이 들어갈수록 맵 자체의 넓이는 점점 작아졌다.

그리고 처음에 닥치는 대로 사냥만 했던 이안은, 이제 사냥보다는 마계 깊은 곳까지 도달하는 것을 더 큰 목표로 두고 움직였다.

'구역 앞에 붙어 있는 숫자가 작아질수록, 점점 더 상위 맵이 등장하는 거구나.'

거의 10시간을 사냥하며 움직인 끝에 이안이 도달한 지역은 마계 121지역이었다.

지역마다 다른 종류의 마수가 등장했지만, 항마력이라는 사기적인 능력치 덕분에 이안은 계속해서 수월하게 사냥해 나갔다.

　지금 사냥 중인 121지역에 등장하는 마수는, 익룡 같은 생김새로 허공을 날아다니는 까다로운 몬스터였지만, 핀과 카르세우스의 활약으로 금방 쓸어 담을 수 있었다.

　"어디 보자, 저쪽으로 가면 120구역이 나올 것 같은데?"

　이안은 멀찍이 일렁이고 있는 붉은 빛을 발견했고, 그 방향을 향해 빠르게 이동하기 시작했다.

　몇몇 하급 마수들이 길을 막았지만, 게이트를 발견한 이상 아예 무시해 버렸다.

　'슬슬 졸리기 시작하는 것 같기도 하고…….'

　그도 그럴 것이, 이안은 이미 카일란에 접속한 지 20시간이 넘은 상태였다.

　20시간 연속 플레이는 보통 사람이라면 이미 뻗었어도 전혀 이상하지 않을 하드코어한 플레이 타임이었지만, 이안은 전혀 개의치 않았다.

　'이번 기회에 연속 플레이 최고 기록을 한번 갱신해 볼까? 예전에 교수님이랑 내기 했을 때 50시간 정도였나?'

　그는 오히려 눈을 더욱 부릅뜨며 각오를 다졌다.

　그리고 잠시 후, 이안 일행의 시야에 붉게 타오르는 이동 게이트가 들어왔다.

그것을 발견한 이안이 고개를 갸웃하며 중얼거렸다.

"어, 지금까지와는 게이트 모양이 조금 다른데?"

지금까지 이안이 다음 구역으로 가기 위해 들어갔던 게이트는, 대체로 허공에 떠 있는 타원형의 작은 게이트였다.

하지만 지금 일행의 앞에 있는 게이트는 바닥에 넓게 깔려 있는 특이한 형태를 가지고 있었다.

이안의 옆으로 다가온 카이자르가 입을 열었다.

"흡사, 소환 마법진 같기도 하고……."

그리고 어느새 인간형으로 모습을 바꾼 카르세우스가 카이자르의 말에 동조했다.

"카이자르의 말이 맞다. 이건 소환 마법진이다."

카일란의 세계관에서도 드래곤이라는 종족은 마법에 능통한 종족이었고, 이안은 카르세우스를 향해 시선을 돌렸다.

"그래? 그럼 이건 다음 맵으로 가는 게이트가 아니었던 거야?"

카르세우스가 대답했다.

"글쎄, 잘 모르겠다. 마계의 소환 마법진은 워낙 특이한 게 많아서."

그런데 그때, 기이한 문양으로 바닥에 깔려 있던 게이트가 커다란 공명음을 내며 붉게 빛나기 시작했다.

쿠오오오-.

이안과 일행은 반사적으로 게이트에서 살짝 떨어졌고, 게이트가 작동되는 과정을 지켜보기 시작했다.

"이제 저 위에 포털이 열리는 건가?"

이안이 중얼거렸다.

하지만 소환된 것은 이안의 예상과는 달리 포털이 아니었다.

-크롸롸롸- 감히 이계의 생명체가 이곳에 발을 들이다니, 겁을 상실했구나!

이안의 앞에 나타난 것은, 엄청난 거구를 가진 인간형 몬스터였다.

도깨비같이 우락부락한 얼굴에, 머리에는 두 개의 뿔이 달려있었으며 붉은 털로 뒤덮여 있는 근육질의 신체를 가진 악마.

게다가 양손에는, 일반적인 사람이라면 한 자루도 들기 힘들어 보이는 대부大斧를 각각 한 자루씩 쥔 위압적인 모습을 한 상대가, 이안을 노려보았다.

-크롸롸롸니! 대체 그렇게 허약해 보이는 몸뚱아리로 여기까지 어떻게 온 것이냐, 인간.

이안은 심드렁한 표정으로 대꾸했다.

"어떻게 왔긴, 마수들을 때려잡고 왔지."

이안의 말에 악마가 두 눈을 크게 뜨며 되물었다.

-뭐라? 마수들을 때려잡았다고?

이번에는 이안이 물었다.

"그러는 넌 뭐하는 놈이냐?"

하나도 위축되지 않고 너무도 태연한 어투로 대꾸하는 이안을 보며, 악마는 분노했다.

-나는, 마계의 입구를 지키는 십이지장+二指將 중 하나인 얀쿤이다. 여기까지 왔다면, 네놈도 십이지장에 대해서는 들어본 적이 있겠지?

하지만 이안은 그저 시큰둥한 표정이었다.

99퍼센트의 대미지를 흡수해 버리는 항마력 능력치가 있는 한, 마계의 장군이건 마왕 할아버지건 두려울 게 없었다.

"십이지장은 내 배 속에 있는 게 십이지장이고. 마계에도 그런 게 있는 줄은 몰랐네."

이안의 비아냥에, 얀쿤은 폭발했다.

-크롸롸롸~! 크게 혼이 나야 정신을 차릴 놈이로다!

얀쿤이 양손에 든 도끼를 허공으로 미친 듯이 휘두르기 시작했다.

이안은 슬쩍 그의 머리 위에 떠올라 있는 레벨을 확인했다.

'레벨이 350이라……. 카이자르보다 고레벨인 몬스터는 정말 오랜만이군.'

카이자르의 레벨은 이제 270대 초반.

카이자르와 비교하더라도 압도적으로 레벨이 높은 상대인 것이었다.

홀드림의 성배 퀘스트 이후로는 이렇게 고레벨의 몬스터를 만나는 것이 정말 오랜만이었다.

이안은 상대를 더욱 도발했다.

"덤벼라, 원숭이."

그리고 얀쿤은, 즉각적으로 반응했다.

-크아아아!

얀쿤이 괴성을 내지르자 그의 온 몸에서 붉은 광선이 뻗어나가며 주변을 초토화시키기 시작했다.

쾅- 콰쾅- 쾅쾅-!

이안은 광선이 뻗어 나가는 패턴을 살피며 이리저리 피했지만, 촘촘하고 빠른 광선에 어느 정도 피격을 허용할 수밖에 없었다.

-마계의 신장神將 '얀쿤'이 고유 능력 폭렬파爆裂破를 사용합니다.

-마계의 신장 '얀쿤'으로부터 치명적인 피해를 입었습니다.

-강력한 항마력으로 인해 88,605만큼의 피해를 흡수합니다.

-생명력이 895만큼 감소했습니다.

떠오르는 시스템 메시지를 확인한 이안은 살짝 당황했다.

'뭐야, 한 대 살짝 스친 것 같은데 대미지가 이렇게나 나와?'

물론 실질적으로 입은 대미지는 1천도 채 되지 않는 간지러운 수준이었지만, 항마력 없이 그냥 맞았더라면 거의 10만에 육박하는 어마어마한 대미지인 것이었다.

원래대로라면, 이안의 현재 생명력으로는 세 방이면 그대로 사망할 만한 위력이었다.

-후우- 후우-!

한동안 고개를 숙인 채, 파괴적인 붉은 광선을 무작위로 쏘아 내던 얀쿤이 숨을 몰아쉬며 천천히 고개를 들었다.

-크흠, 벌써 죽어 버렸나?

하지만 고개를 들자마자 이안과 눈이 마주친 얀쿤은 당황하지 않을 수 없었다.

-뭐지? 내 폭렬참의 범위 안에서 어떻게 살아남을 수 있었던 거지?

얀쿤과 눈이 마주친 이안은 입꼬리를 슬쩍 말아 올렸다.

"인마, 너 제법이다?"

-……?

잠시 당황한 표정이었던 얀쿤은, 곧 험악한 표정을 지으며 도끼를 만지작거렸다.

-어떻게 살아남았는지는 모르겠지만, 이렇게 된 이상 내 도끼로 두개골을 아예 쪼개 주도록 하지. 천국으로 보내 주마.

원래 같았으면 무척이나 위협적으로 들렸을 대사였겠지만, 이안은 그저 코웃음을 칠뿐이었다.

"너 큰일 났어, 인마."

-……?

"살려 달라고 빌 때까지 때려 줄게."

-인간, 뭐라는 거냐?

이안이 카이자르와 소환수들을 슬쩍 돌아보며 다시 입을 열었다.

"얘들아, 조져!"

이안을 단독 모니터링한 지 23시간 째.

파트장은 붉게 충혈된 눈으로, 이안과 얀쿤의 싸움을 지켜보고 있었다.

정확히는, 노려보고 있다는 표현이 더 어울렸다.

"김 실장, 쟤 지금 뭐하는 거야?"

파트장의 물음에, 옆에서 졸고 있던 남자가 벌떡 고개를 들며 스크린을 응시했다.

그리고 잔뜩 잠긴 목소리로 힘없이 대꾸했다.

"마족이랑 싸우고 있는 것 같은데요."

"그래? 정말 싸우고 있는 것 같아?"

"음……."

눈을 비비며 다시 스크린을 바라보는 그를 향해, 파트장이 한숨을 푹 쉬며 입을 떼었다.

"불쌍한 보스 몬스터 하나를 집단 린치하고 있는 것처럼 보이는데 난……?"

잠시간의 침묵.

이안에게 두들겨 맞고 있는 얀쿤을 한동안 응시하던 둘은, 서로를 응시했다.

"얀쿤이 불쌍합니다, 파트장님."

"난 우리가 더 불쌍해."

"……"

"대체 이안 저놈은 어떻게 아직까지도 쌩쌩한 걸까?"

"저도 모릅니다."

파트장이 모니터링실 여기저기에 널브러져 있는 부하직원들을 휙 둘러보며 힘없이 중얼거렸다.

"여기 혹시 저 게임 폐인 놈 집 아는 사람 없냐? 가서 차단기라도 내려 버리게."

"……"

모두는 침묵했지만, 그것은 단지 지금 그럴 힘이 없기 때문이었다.

그들은 파트장의 말에 속으로 격하게 공감하는 중이었다.

마계는 카일란에서 현존하는 최상위 난이도의 필드라고 할 수 있었다.

그리고 얀쿤은, 그런 마계에서도 100위권 안에 드는 강력한 몬스터.

그런 얀쿤이, 비 오는 날에 먼지가 날 정도로 두들겨 맞고 있었다.

그리고 얀쿤을 무지막지하게 두들겨 패고 있는 것은, 당연히 이안이었다.

-크롸아악! 대체 인간이 어떻게 이렇게 강할 수 있는 건가!

"맞다 보면 깨닫게 될 거야."

퍽- 퍼퍽-!

얀쿤은 이미 생명력 게이지가 바닥까지 줄어들어 온몸에 힘이 빠진 상태였다. 그러나 이안은 그를 인정사정없이 공격했다.

얀쿤은 신음성을 흘리며 이안을 노려보았다.

-크으윽! 내가 방심했을 뿐이다! 네놈, 운이 좋군!

그러자 이안이 갑자기 공격을 멈추었다.

"그래?"

생각지 못했던 반응에 얀쿤은 잠시 당황했지만, 곧 고개를 끄덕이며 대답했다.

-그렇다. 인간. 네놈이 강하다는 사실은 인정하지. 우리 마계에서도 내 공격을 그렇게까지 견뎌 내는 마족은 없으니까. 하지만 내가 방심하지 않았더라면, 네놈 정도는 가볍게 이겼을 것이다!

사실 350레벨인 얀쿤이 보기에, 이안의 레벨은 정말 하찮은 수준이었다.

그렇다 보니 이안의 공격도 얀쿤에게 있어서 그리 큰 대미지는 아니었고, 얀쿤은 이안을 무시할 수밖에 없었던 것이었다.

하지만 작지 않은 대미지라 하더라도, 99퍼센트의 피해량을 흡수해 버리는 이안보다는 수십 배 큰 피해가 누적되다 보니 결국 죽기 직전까지 이른 것이다.

이안은 열심히 변명을 하는 얀쿤을 잠시 응시하더니 한 발짝 뒤로 물러났다.

-뭐냐, 인간!

이안은 소환수들도 뒤로 전부 물린 뒤, 다시 입을 열었다.

"방심하지 않은 너와 겨루어 보고 싶다."

-……!

그에 얀쿤은 어이없다는 표정을 지었다.

그리고 그것은 카이자르와 이안의 소환수들 또한 마찬가지였다.

-주인, 왜 그러는가. 빨리 죽이고 다음 맵으로 넘어가자.

-그래, 주인. 왜 쓸데없는 짓을 하는 거야?

-영주 놈아. 오늘 아침에 뭐 잘못 먹었나?

하지만 이안은 흔들림 없는 표정으로 얀쿤을 응시했다.

그리고 얀쿤은 그런 이안의 시선을 정면으로 마주하며 천천히 고개를 끄덕였다.

-크흐음……. 오만한 인간이군. 하지만 그 호승심과 패기만큼은 높이 사도록 하지.

이안이 비장한 표정으로 대답했다.

"난 셀라무스 최고의 전사. 이번에는 누구의 도움도 없이

나 혼자의 힘으로 상대해 주도록 하겠다.”

이안은 얀쿤에게 응급처치 스킬까지 걸어 주며 그를 회복시켰다.

그리고 둘의 생명력이 전부 회복되자, 다시 싸움이 시작되었다.

―그 오만함이 네놈을 죽게 만들 것이다!

얀쿤의 포효에도 이안은 비웃을 뿐이었다.

“네놈이 진심으로 승복할 때까지, 난 계속 싸울 거다.”

그렇게 다시금 전투가 시작되었다.

이번에는 소환수들 마저 뒤로 물린 채, 둘만의 싸움이었다.

얀쿤의 쌍부와 이안의 창이 허공에서 격렬히 부딪쳤다.

쾅― 콰쾅― 쾅!

그런데 재밌는 것은, 시간이 지날수록 싸움이 일방적이 되어간다는 점이었다.

―크아아악! 쥐새끼 같은 놈!

이안은 얀쿤이 휘두르는 도끼를 거의 100퍼센트에 가깝게 회피하기 시작했다.

사실 이안이 이런 이상한 짓을 벌이는 이유는 바로 여기에 있었다.

‘어차피 지금 내 플레이는 버그성 플레이야. 지금 당장 이놈을 잡아 봐야 경험치고 명성치고 아무것도 안 주는데 쉽게

죽여 버릴 수 없지. 아이템 같은 걸 획득한다고 해도, LB사에서 회수해 가지 않는다는 보장도 없고.'

이안은 보스 몬스터가 분명한 상대의 공격 패턴을 100퍼센트 익혀서, 정식으로 마계가 오픈되면 항마력 없이 그를 공략할 생각이었다.

그리고 이게 가능한 것은, 얀쿤의 순발력이 레벨에 비해 낮은 편이었기 때문이었다.

얀쿤은 느린 대신 엄청난 맷집과 공격력을 가진 몬스터였다.

'노림수가 하나 더 있기도 하고…….'

이안이 다시 얀쿤을 도발했다.

"좀 더 힘내 봐, 친구. 실력이 형편없잖아!"

-크아아아!

그렇게 삼십 분 정도가 지났을까? 얀쿤은 또 다시 이안 앞에 만신창이가 되어 쓰러졌다.

"어이, 한판 더 해볼래?"

-크으…… 분하다! 다시 한 번 싸워 보고 싶다!

"오케이, 고고!"

이안은 계속해서 얀쿤과의 싸움을 반복했다.

"야, 아까보다 더 형편없잖아. 또 할 거야?"

-으아아아! 네놈, 이번에는 정말 뜨거운 맛을 보여 줄 테다!

20분 뒤.

"갈수록 못 하는 것 같은데? 나 이번엔 두 대 밖에 안 맞았어. 지친 거야?"

-크라라라!

15분 뒤.

"야, 너무 시시하잖아."

-이제 그만 날 죽여다오.

"싫은데."

10분 뒤.

"인마, 일어나. 마계의 수문장이 왜 이렇게 근성이 없어?"

-마계 수문장으로서의 명예를 지키고 싶다! 그대의 강함을 인정한다.

"그래?"

-그렇다. 마계에서는 힘이 곧 법이다. 나는 강자존의 법칙을 숭배하고, 강한 자를 존경한다. 나의 패배를 인정하겠다. 이제 그만 내 목을 베어라!

"싫어."

또 10분 뒤.

-크허어엉. 제발 죽여 달라!

"싫어. 두 번만 더 싸우자."

-대체 이러는 이유가 뭔가!

"아직 뽕을 덜 뽑았어."

-……

그렇게 한 시간 정도가 더 흘렀을까.

Taming Master
테이밍마스터

그래도 매번 전력을 다해 이안을 상대하던 얀쿤은, 그의 앞에 무릎을 꿇고 말았다.

이안이 어리둥절한 표정으로 물었다.

"왜 그러는 거야? 생명력 다 채워 줬잖아. 다시 싸우자니까?"

얀쿤이 손에 들고 있던 두 도끼를 바닥에 내려놓으며 이안을 향해 고개를 숙여 보였다.

-주군으로 모시겠다.

"응……?"

-이안. 그대의 무력에 감명받았다. 그대를 따르고 싶다.

이안의 입가에 회심의 미소가 떠올랐다.

이안의 마계 진입은, 말하자면 일종의 '사고'였다.

마계 진입 퀘스트가 발생하려면, 대륙의 영웅 중 최소 두 명 이상과 관련된 퀘스트를 클리어해야 한다.

게다가 퀘스트가 발동하려면 직업 숙련도 '마스터 2레벨'이라는 무지막지한 조건을 충족시켜야 하고, 이계로의 차원 문을 열 수 있는 고대 NPC와의 친밀도도 최상이어야 한다.

이 모든 조건을 벌써 충족한 유저가 있을 것이라고는 운영진이 상상조차 못 한 것이었다.

이안은 운 좋게도 북부 대륙이 열리자마자 오클리와 관련된 퀘스트를 클리어했으며, 간지훈이 덕에 임모탈 퀘스트의 마지막에 숟가락도 얹을 수 있었다.

그리퍼 덕에 이리엘과 오래 전부터 친분이 있었으며, 직업 숙련도는 이제 마스터 3레벨을 바라보는 수준.

이 모든 톱니바퀴가 거짓말처럼 맞아 떨어지면서, 이런 웃지 못할 상황이 만들어지게 된 것이었다.

LB사는 이안으로 인해 완전히 뒤집어졌다.

그렇지 않아도 대규모 업데이트를 앞두고 있었기에, 평소보다 일이 배 이상은 많은 상황이었다.

거기에다 이안이 만으로 이틀이 다 되어 가도록 접속 종료도 하지 않고 깽판을 치고 있으니, 운영진은 머리가 지끈거리다 못해 터질 지경이었다.

"일단 이 사실이 외부로 새어나가지 않게 입단속하는 게 가장 중요합니다."

"그렇습니다. 망신도 이런 망신이 없어요."

"어후, 모니터링 팀은 어떻게 차원문이 열릴 때까지 그걸 모르고 있을 수가 있죠?"

"모니터링 팀만 탓할 게 아닙니다. 지금의 상황은 우리 중 아무도 예상하지 못했었으니까요."

"아니, 아무리 그래도……."

회의 내용은 어떻게 하면 이 상황이 가장 완만하게 해결될 수 있을지를 논의하는 데 초점이 잡혀 있었다.

열댓 명이 앉아 있는 원탁의 가장 상석에 있던, 중년의 남자가 턱수염을 쓰다듬으며 입을 열었다.

"제 생각에는 말입니다, 이안 유저와 거래를 하는 게 좋을 것 같아요."

"거래요?"

"그렇습니다. 지금 GM 계정으로 이안 유저에게 메시지를 넣어서 거래를 제안하는 게 좋겠습니다."

"크흠, 그냥 마계에 들어가서 얻은 아이템이나 재화를 전부 회수하면 되는 것 아닙니까? 경험치는 어차피 안 올랐다고 했고……."

남자는 고개를 절레절레 저으며 대답했다.

"그게 그렇게 쉽게 해결될 문제가 아닙니다. 어쨌든 이번 사태는 우리 실수고, 이안 유저는 완벽히 정상적으로 게임을 플레이하다가 벌어진 일이니까요."

"그러니까 일정 부분 이안 유저가 얻은 이득을 인정해 주고, 대신 지금 로그아웃을 해 달라 부탁을 하자는 겁니까?"

남자가 고개를 끄덕였다.

"그렇습니다. 이안 유저가 언제까지 로그아웃을 하지 않고 버틸지는 잘 모르겠습니다만 하루 정도만 더 버텨도 우리한텐 정말 치명적이에요."

"왜 그렇죠?"

"이안 유저가 저기서 안 나오면 대규모 업데이트를 일정에 맞춰 진행할 수가 없으니까요."

"아……."

"에이, 그래도 이미 만으로 이틀 가까이 플레이했는데, 이제 가만둬도 곧 로그아웃하지 않을까요?"

그 말에 구석에서 조용히 회의에 대해 듣고만 있던 한 여성이 한숨 섞인 목소리로 입을 열었다.

"제가 이안 유저 플레이 기록, 데이터 확인해 봤는데요, 이전에 73시간인가? 연속 플레이한 기록도 있던걸요."

"……."

"여러모로 대단한…… 플레이어군요."

"어후."

그렇게 30여 분 정도가 더 흘렀을까.

회의실에 앉아 있던 인원들은 천천히 자리에서 일어났다.

그리고 한 남자를 향해 시선이 모였다.

"그럼, 제가 이 길로 게임 접속해서 이안 유저에게 접선을 해 보겠습니다."

남자가 회의 내용을 메모해 둔 패드를 챙겨 일어나자, 상석에 있던 중년의 남자가 고개를 끄덕이며 말했다.

"이 사건에 대한 모든 권한을 자네에게 넘길 테니, 이안이라는 유저랑 이야기 잘 풀어서 마무리 짓도록."

"예, 알겠습니다, 부장님."

테이밍마스터

한편, LB사의 상황을 모르는 이안은 그 나름대로의 난관에 봉착해 있었다.

얀쿤의 의사와 관계없이, 그를 소환수로 삼을 수도, 가신으로 삼을 수도 없었기 때문이었다.

-마계 수문장 '얀쿤'을 가신으로 삼을 수 없습니다.

-마족을 가신으로 삼기 위해선, '마계의 지배자' 칭호가 필요합니다.

"크흐음……."

-마계 수문장 '얀쿤'을 포획할 수 없습니다.

-인간형 몬스터는 포획이 불가능합니다.

이안의 표정이 일그러졌다.

'젠장, 이런 경우는 생각도 못 했는데.'

이안은 지금까지 스무 명이 넘는 가신들을 등용했다.

그중에는 중부 대륙의 떠돌이 NPC도 있었으며, 파이로 영지의 인재 양성소에서 등용한 NPC도 있었다.

물론 카이자르나 폴린처럼 퀘스트를 진행하던 중에 얻은 특이한 케이스도 있었지만, 가장 많은 비율을 차지하는 것은 직접적인 등용이었다.

그리고 그 많은 가신들을 등용하면서 이안은 깨달음을 얻을 수 있었다.

'역시 동서고금을 막론하고 매타작보다 확실한 약은 없는

거였군.'

이안의 명성치가 워낙에 높다 보니, 어지간한 인재들은 어렵지 않게 등용할 수 있었다.

하지만 폴린 급으로 뛰어난 가신을 등용할 때는 항상 힘으로 찍어 눌렀던 것이었다.

패고, 패고, 또 패다 보면, 어느새 가신이 되어 있었다.

그 때문에 얀쿤에게도 똑같은 방법을 적용해 보았고, 역시나 성공했다.

'제길, 이 빌어먹을 조건만 아니었으면 카이자르보다 더 강력한 가신이 생기는 거였는데.'

이안은 너무도 아까웠지만, 어쩔 수 없었다.

'나중에 정식 오픈되고 난 뒤에, 마계의 지배자인지 뭔지 칭호 얻고 나서 다시 찾아서 가신 삼지 뭐.'

이안은 입맛을 다시며 얀쿤에게 말했다.

"쩝…… 지금은 내가 너를 가신으로 삼을 수가 없다네."

그에 얀쿤이 의아한 표정으로 되물었다.

─뭐가 문제지? 설마 가신으로 거두기에 내가 부족하다고 생각하는 건가!

단숨에 얼굴이 시뻘개지는 얀쿤을 보며, 이안은 손사래를 쳤다.

"아, 아니. 그럴 리가. 아마도 내가 마족이 아니어서 그런 것 같다."

이안의 설명에 얀쿤이 구겨진 인상을 펴며 고개를 천천히 끄덕였다.

–크흐음…… 그렇군.

"내가 나중에, 널 가신으로 얻을 수 있을 만한 자격을 갖춘 뒤에 다시 찾아오겠다."

얀쿤이 고개를 주억거렸다.

–알겠다. 이안. 그때를 기다리도록 하지.

그리고 말이 끝나자, 얀쿤의 뒤편에 커다란 게이트가 생겨났다.

–저쪽으로 들어가면 이제 진정한 마계를 구경할 수 있을 것이다.

이안이 씨익 웃으며 대답했다.

"고맙다, 얀쿤."

–그리고 기왕 이렇게 된 것, 내 부탁을 하나 들어줄 수 있겠는가?

생각지도 못한 얀쿤의 제안에, 이안의 두 눈이 살짝 커졌다.

'뭐야, 테스팅 존으로 들어왔는데 퀘스트도 받을 수 있는 거야?'

하지만 놀란 것과는 별개로, 이안의 입장에서는 퀘스트를 거부할 아무 이유가 없었다.

"좋아. 들어주도록 하지."

–고맙다.

얀쿤의 대답과 함께, 예의 그 시스템 알림음이 울려 퍼지며, 이안의 시야에 퀘스트 창이 떠올랐다.

띠링-.

마계 수문장 얀쿤의 부탁 I (연계)

마계의 십이지장의 일인이자, 마계로 통하는 관문을 지키는 수문장인 얀쿤.

얀쿤에게는 오래전부터 고민이 하나 있다.

그가 책임지는 마계의 영역에, 언젠가부터 비정상적인 '오염된 마물'들이 생겨나기 시작한 것.

얀쿤은 그들을 지속적으로 사냥했지만, 그 숫자는 줄어들지 않고 점점 늘어만 갔다.

처음에는 별일 아니라 생각했으나, 마물들의 증식 속도는 갈수록 빨라져서 크나큰 위협이 되기 시작했다.

얀쿤은 당신의 무력에 깊이 감복했다.

그는, 당신이라면 자신의 고민을 해결해 줄 수 있을 것이라 생각한다.

퀘스트 난이도 : SS

퀘스트 조건 : 수문장 얀쿤의 인정을 받은 유저.

제한 시간 : 없음

보상 : 중급 마정석 x20, 악마의 순혈.

*거절하면 '마계 수문장 얀쿤'과의 친밀도가 대폭 하락합니다.

퀘스트 내용을 찬찬히 읽어 내려간 이안은 고개를 갸웃거렸다.

퀘스트의 내용이야 이해되지 못할 것이 없었지만, '악마의 순혈'이라는 아이템이 어떤 아이템일지 감조차도 오지 않았기 때문이었다.

'고민하는 시간에 물어보는 게 빠르겠지.'

이안의 시선이 얀쿤을 향했다.

"얀쿤, 악마의 순혈이 뭐야?"

이안의 질문에, 얀쿤이 곧바로 대답했다.

－말 그대로 악마의 깨끗한 피다.

"내가 그걸 얻으면 뭐가 좋지?"

－인간이 악마의 순혈을 마시면, 반인반마半人半魔가 될 수 있다.

"……!"

순간 이안의 머리가 빠르게 회전하기 시작했다.

'반인반마? 혹시 이게 트레일러 영상에 나왔었던, 마계의 듀얼 클래스와 관련이 있는 건 아닐까?'

이것은 짐작이긴 했지만, 거의 확신에 가까운 촉이 왔다.

'중급 마정석 스무 개도 엄청나지만, 저 악마의 순혈이 꼭 필요하겠어.'

중급 마정석은, 좀 더 상급 마수를 사냥해야 얻을 수 있는 것으로 짐작되는 강화 재료였다.

아직 이안은 한 번도 얻어 보지 못한, 진귀한 재료.

게다가 듀얼 클래스와 관련이 있을 것으로 짐작되는 단서까지 얻게 되니, 기분이 날아갈 것만 같았다.

이안이 싱글벙글 웃으며 얀쿤에게 말했다.

"좋아, 얀쿤. 내가 해결해 보도록 할게."

그에 얀쿤의 얼굴에 화색이 돌았다.

－오, 정말 고맙다. 이안!

그리고 이안의 시야에 새로운 시스템 메시지가 떠올랐다.

-'마계 수문장 얀쿤'과의 친밀도가 최상이 되었습니다.

-'마계 수문장 얀쿤'으로부터 '상급 마족의 인장' 아이템을 얻었습니다.

-'마계 수문장 얀쿤'으로부터 '마계 100구역~120구역 지도' 아이템을 얻었습니다.

이안은 어느새 자신의 손에 들려 있는, 붉은 색 구체를 보며 의아한 표정을 지었다.

"얀쿤, 이건 또 뭐야?"

얀쿤이 거만한 표정으로 대답했다.

-상급 마족의 인정을 받았다는 표식이다. 이 인장이 있으면, 중급이나 하급 마족은 널 건드릴 수 없을 거다.

"오오!"

-이건 내 마음대로 줄 수는 없는 물건이기 때문에 변이된 마물들을 모두 처치할 때까지만 임시로 빌려주도록 하겠다.

아직 제대로 실감이 되지는 않았지만, 마계에서 유용할 것이 분명한 아이템을 얻은 이안은, 기분이 더욱 좋아졌다.

"좋아. 네 부탁은 내가 꼭 들어주도록 하지."

-변이된 마물들은 모든 구역에 존재하지만, 115구역과 107구역에 가장 많이 서식한다. 그쪽을 중심으로 조사해 보면 될 거다.

"알겠어."

얀쿤과의 대화를 마친 이안은 성큼성큼 걸어 게이트를 향해 움직였다.

'좋아, 눈꺼풀이 많이 무겁기는 하지만 어떻게든 이 퀘스

트를 완료할 때까지는 버텨 보는 거야!'

이안은 주먹을 불끈 쥐며 굳게 다짐했다.

그런데 그가 게이트를 통과하는 순간, 이질적인 시스템 메시지가 눈앞에 떠올랐다.

-GM 철우 : 이안 님, 잠시 대화 좀 가능할까요?

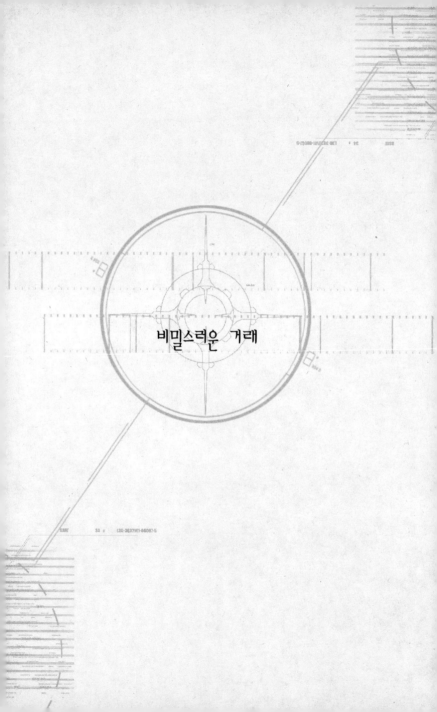

비밀스러운 거래

Taming
Master

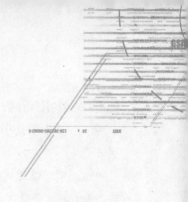

중부 대륙의 동쪽 끝자락.

루스펠 제국의 마지막 보루라고 할 수 있는 최후방 전선에서는, 벌써 한 달이 넘게 치열한 전투가 벌어지고 있었다.

카이몬 제국 연합군과, 루스펠 제국 연합군의 팽팽한 접전이 아직까지 이어지고 있던 것이다.

사실 한 달이나 이 전투가 유지될 수 있었던 이유는, 카이몬 소속 상위 랭커들이 전투에 참여하지 않고 있었기 때문이다.

대규모 업데이트의 예고와 함께, 대륙 곳곳에 새로이 뿌려진 신규 NPC들과 퀘스트들.

상위권의 랭커들이라면 당연히 그쪽에 관심이 갈 수밖에 없는 상황이었고, 루스펠 소속의 랭커들에 비해 비교적 상황이 여유로운 카이몬의 랭커들이 대거 전장을 이탈한 것이었다.

"뭐, 우리가 이탈한다고 설마 루스펠 연합군 따위에 밀리겠어?"

"아니, 밀린다고 하더라도 나중에 다시 수복하면 되지, 뭐. 밀려 봐야 중앙 지역 근처까지도 못 올 게 분명한데."

"그래요. 저도 일단 신규 콘텐츠 준비를 해야겠어요."

그렇게 제법 많은 유저들이 전장을 빠져나가자, 루스펠 제국군은 가까스로 최후 전선을 사수할 수 있게 되었던 것이다.

하지만 그렇다고 해서 역으로 치고 올라가는 것은 또 불가능했다.

그것은 중부 대륙에 보유 중인 거점지와 영지의 숫자가 카이몬이 압도적으로 많았기 때문이다.

수많은 거점지와 영지에서 생산되는 군대가 지속적으로 전장에 투입되었고, 그에 반해 영지 숫자를 다 합해도 스무 개도 채 되지 않는 루스펠의 진영은 그저 막아 내기에 급급할 수밖에 없었다.

루스펠 연합군의 전쟁막사.

루스펠 소속 상위 길드들의 마스터들은, 한숨을 푹푹 쉬며 회의를 거듭하고 있었다.

"하아, 이제 대규모 업데이트가 일주일도 채 남지 않았군요."

마틴의 푸념 섞인 말에, 사무엘 진이 낮은 목소리로 대답했다.

"그렇습니다. 정확히 닷새 남았네요."

연합군의 가장 핵심 인물인 두 사람이 운을 떼자, 여기저기서 입을 열기 시작했다.

"마틴 님, 저희는 여기에 계속 묶여 있어야만 하는 겁니까?"

"그러니까 말입니다. 그렇지 않아도 카이몬 놈들에게 절대적으로 전력이 밀리는데, 신규 콘텐츠까지 모조리 선점당하면 그땐 정말 가망이 없습니다."

"크흠, 그래도 여기 전선을 틀어막으면서 계속 카이몬의 군대를 막아 내다 보면 전공 포인트나 경험치 등의 재화를 지속적으로 벌어들일 수 있을 테니까 어느 정도 수지가 맞지 않을까요?"

"물론 당장에야 그렇게 느껴질지도 모르겠지요. 중부 대륙에서 얻을 수 있는 재화도 적은 양은 아니니까요. 하지만 신규 콘텐츠에 뭐가 나올지 모르지 않습니까. 그리고 거의 모든 경우에, 신규 콘텐츠는 기존의 콘텐츠들에 비해 상위 콘텐츠로 추가되는 것이 보통입니다."

여기저기서 봇물 터지듯 다양한 의견이 쏟아져 나왔다.

잠시 동안 조용히 듣기만 하던 사무엘 진이, 좌중을 조용히 시키며 입을 열었다.

"자, 다들 일단 조용히 해 봅시다. 지금 그에 대한 방도를 강구하기 위해 여러분을 모은 게 아니겠습니까."

사무엘 진의 말에 소란스럽던 장내가 조용해지며, 모두의 시선이 그를 향해 모아졌다.

그리고 그가 다시 입을 열었다.

"저랑 마틴 님이 며칠 동안 고심한 결과, 우리 전력을 세 개 조로 나누자는 이야기가 나왔습니다."

이 말에 여기저기서 작은 탄성이 흘러나왔다.

"오호."

"과연, 그런 방법이라면……."

마틴과 눈빛을 한번 교환한 사무엘 진이 다시 입을 열었다.

"여기까지만 듣고도 어떤 방식일지 대부분의 길드마스터께서 짐작하셨으리라 생각합니다."

사무엘 진은 준비해 두었던 넓은 양피지를 펼쳐 벽에다 걸었다.

그리고 그 위에는 빼곡하게 길드들의 이름과 유저들의 이름이 정리되어 있었다.

"여러분께서 생각하신 대로, 우리는 이제부터 전력을 세 개 조로 나눌 겁니다. 그래서 각 조별로 일주일씩, 신규 콘텐츠를 위한 퀘스트를 진행하기 위해, 중부 대륙을 이탈할 수 있도록 할 예정입니다."

옆에 앉아있던 마틴이 부언했다.

"그러니까 A조와 B조가 카이몬 제국군을 막아 내는 동안,

C조는 신규 콘텐츠를 위해 움직이고, C조가 돌아오면 A조가. 또 A조가 돌아오면 B조가 움직이는 방식으로 진행한다는 이야깁니다."

딱히 어려울 것은 없는 방식이었기에, 사무엘 진이 짜 놓은 그룹 테이블을 한 번씩 확인한 마스터들은 금방 수긍하고 고개를 끄덕였다.

"괜찮은 방법이군요. 3분의 2 정도만 남아 있어도 수성하는 데는 확실히 문제가 없을 것 같네요."

"맞아요. 카이몬 놈들 주력 랭커들이 다 빠져나가서 그런지, 요즘 저들 공격력도 많이 약해졌더라고요."

사무엘 진이 장내를 둘러보며 다시 입을 열었다.

"각자 본인 소속의 길드가 속해 있는 조를 확인해 주시고, 다 확인되신 분은 자리에 앉아 주시길 바랍니다."

그리고 잠시 후, 소란스럽던 장내가 정리되고 다시 모든 인원이 자리에 앉자 사무엘 진의 말이 이어졌다.

"이 시스템은 바로 내일부터 진행하도록 할 예정이며, A조부터 시작하는 것으로 하겠습니다."

마틴이 입을 열었다.

"만약 첫 한 주 동안 운영해 보고, 3분의 2의 병력으로도 여유롭게 방어가 되면 아예 3교대 시스템으로 바꿀 수도 있습니다."

루스펠 수뇌부는 그렇게 새로 짜인 인원으로 방어 전선을 구축하기 위해 다시 회의를 시작했고, 제법 오랜 시간이 걸린 끝에 회의는 마무리되어 갔다.

그렇게 회의 막바지쯤 되었을 때 한 남자가 마틴을 향해 물었다.

"그런데 마틴 님. 벨리언트 길드는 이제 아예 저희랑 노선을 달리하는 겁니까?"

그 물음에 마틴과 사무엘 진의 표정은 급격히 일그러질 수밖에 없었다.

이미 몇 주 전부터, 벨리언트 길드는 아예 중부 대륙에서 빠져나간 것이었다.

마틴이 쓴웃음을 지으며 고개를 끄덕였다.

"그렇게 된 것 같습니다."

"아니, 후방 지역에 벨리언트 길드의 영지도 몇 개 있는 걸로 아는데…….”

사무엘 진이 말했다.

"버린 영지로 생각하나 보지요."

"크흠…….”

사무엘 진은 노선을 달리한 벨리언트 길드가 못마땅하긴 했지만, 지금 상황이 그리 비관적이지만은 않다고 생각했다.

'대규모 업데이트가 한두 달만 더 늦었어도, 중부 대륙은 물론 루스펠 본토까지 전부 다 먹혔을지도 몰라.'

만약 그렇게 되었더라면, 그의 길드인 오클란은 물론 그 자신 또한 뼈아픈 타격을 입었으리라.

'이번 대규모 업데이트를 기점으로 어떻게든 이 상황을 다시 반전시켜야 해.'

사무엘 진의 머리가 빠르게 회전하기 시작했다.

마계 120구역의 진입로.

구석에 있는 커다란 바위에, 두 남자가 걸터앉아 대화를 나누고 있었다.

한 사람은 당연히 이안이었고, 다른 한 남자는 카일란 개발사에서 나온 GM인 철우였다.

이안이 퉁명스런 목소리로 철우를 향해 입을 열었다.

"하아, 지금 1분 1초가 아까운 상황이라, 오래 대화할 순 없습니다."

졸음이 쏟아지기 시작한지는 오래였다.

초인적인 정신력으로 버티고 있는 이안은, 눈앞에 있는 철우가 마음에 들지 않았다.

'아오, 지금 퀘스트 진행할 시간도 부족한데…….'

하지만 철우를 무시하고 퀘스트를 계속하기엔, 철우가 너무 강력했다.

'아니, 아무리 GM이라도 그렇지 레벨 500은 좀 너무하는

거 아니야?'

철우는 마족이 아니었기에 항마력 스텟이 작동하지도 않았고, 왠지 그가 맨손으로 몇 대 치면 이안은 그 자리에서 게임 아웃될 것이라는 생각이 강하게 들었다.

"시간 오래 뺏지 않겠습니다. 조금만 시간을 내어 주십시오."

이안은 심드렁한 표정으로 대답했다.

"말씀하세요."

그에 잠시 생각을 정리한 철우가 입을 열었다.

"먼저, 저희 LB사는 이안 님께 무척이나 죄송하다는 말씀을 드리고 싶습니다. 저희의 콘텐츠 관리 미흡으로 이렇게 비정상적인 플레이 루트를 진행하게 되신 점, 진심으로 사과드립니다."

사실 개발사의 입장에서 당연한 것이기는 했지만 부담스러울 정도로 정중한 철우의 태도에, 오히려 이안이 움찔했다.

'이러면 미안해서 얼굴에 철판을 깔기가 쉽지 않잖아.'

이안은 원래 그의 심기를 건드려 아예 대화 자체를 할 수 없는 분위기로 만들려고 생각했었다.

하지만 이렇게까지 정중하게 말하는 그를 앞에 대고 차마 입이 떨어지지를 않았다.

"으, 으음…… 죄송하시다구요?"

철우가 고개를 끄덕이며 말했다.

"예, 이안 님. 제가 LB소프트를 대표해서 사죄하도록 하겠습니다."

이안은 두 눈을 게슴츠레 뜨며 철우를 바라보았다.

"흐음…… 그래서 어쩔 생각이신 거죠? 설마 죄송하고 그걸로 끝은 아니겠죠?"

철우가 고개를 주억거렸다.

"물론입니다. 그럴 리가 있습니까. 저희 LB사는 저희의 불찰을 인정하고, 그에 따라 피해를 보신 이안 님께 적절한 보상을 드리기로 합의했습니다."

이안의 눈에 이채가 어렸다.

"오호? 계속 말씀해 보세요."

철우의 말이 이어졌다.

"저희는 이안 님과 조율하여 적절한 보상을 드리는 대신, 이안 님의 협조를 구하고 싶습니다."

"협조라……?"

이안과 눈이 마주친 철우는 짧게 한숨을 내쉬며 대답했다.

"그렇습니다. 저희가 지금 굉장히 난처한 상황에 처해 있기 때문입니다."

"흐음……."

"이안 님께서도 대규모 업데이트가 이제 며칠 남지 않았다는 걸 알고 계실 겁니다."

이안이 짧게 대답했다.

"그렇죠."

철우는 LB사의 상황을 솔직하게 이야기했다.

"저희 개발진은 신규 콘텐츠 오픈을 위해 마지막으로 마무리 작업을 해야 하는데 이안 님께서 마계 안에 계셔서 그 작업을 할 수가 없는 상황입니다."

"크흠."

이안은 뒷머리를 긁적이며 생각했다.

'하, 마음만 같아서는 업데이트 일정을 미루면 되지 않냐고 말하고 싶지만…….'

이안도 일말의 양심(?) 비슷한 것은 가지고 있는지라, 차마 그렇게 말을 하진 못했다.

"그래서 저희 운영진은, 이안 님께서 지금 바로 접속 종료를 해 주시기를 바랍니다."

이안이 곧바로 대답했다.

"그럼 제게 돌아오는 보상은 뭐죠?"

"음……."

잠시 뜸을 들이던 철우가 입을 떼었다.

"이안 님의 캐릭터에 항마력을 5퍼센트만큼 남겨 두도록 하겠습니다. 어떻습니까?"

철우의 제안에 이안은 순간 표정 관리에 실패할 뻔했다.

'뭐야, 항마력 5퍼센트를 남겨 주겠다고? 이거 생각보다 보상이 쎈데?'

항마력 5퍼센트를 가져갈 수 있다면, 앞으로 모든 마계의 종족들을 상대할 때 5퍼센트의 피해량을 흡수할 수 있다는 이야기였다.

수치 자체가 얼마 되지 않기 때문에 얼핏 별거 아닌 보상이라고 생각할 수 있었지만, 이것은 엄청난 것이었다.

'하지만 조금 더 신중할 필요가 있지.'

이안이 다시 입을 열었다.

"이 항마력이라는 게, 어차피 마족들과 싸우다 보면 상승시킬 수 있는 능력치 아닙니까? 5퍼센트의 항마력이라는 게 큰 의미가 있나요?"

이안의 물음에 철우의 표정이 처음으로 살짝 일그러졌다.

분명 항마력 5퍼센트가 어떤 의미인지 알 만한 유저인데, 모르는 척 떼를 쓰는 것으로 느껴졌기 때문이다.

"크흠, 물론 이안 님의 말씀대로 마족들과의 전투, 혹은 퀘스트로 항마력을 증가시킬 수는 있습니다. 하지만 1퍼센트 올리기도 무척이나 힘든 게 항마력입니다. 5퍼센트는 결코 작은 수치가 아니죠."

철우의 설명에도, 이안은 집요하게 물고 늘어졌다.

"그런데 다른 저항력과 마찬가지로, 항마력도 한계 수치가 있을 것 같은데…… 맞나요?"

"예. 항마력은 제가 알기로 30퍼센트가 맥시멈이라고 알고 있습니다."

그 말을 듣자마자 이안이 곧바로 입을 열었다.

"그럼 제게 부여될 항마력 5퍼센트를, 최대 수치를 늘려 주는 것으로 해 주세요. 그럼 저도 깔끔하게 로그아웃을 하도록 하죠."

생각지도 못한 이안의 제안에 철우는 순간적으로 표정이 굳었다.

그리고 열심히 머리를 굴리기 시작했다.

'항마력 최대치가 5퍼센트 올라간다면 맥시멈이 35퍼센트가 되는 건데……. 어차피 맥스 수치까지 올리는 것도 힘든 게 항마력이니까, 그냥 수용해 줄까?'

잠시 생각을 정리한 철우는 천천히 고개를 끄덕였다.

어차피 최대치를 늘린다고 해도 이안이 그 수치만큼 항마력을 올릴 수 없을 것이라는 계산이었다.

"좋습니다. 그렇게 해 드리도록 하죠, 이안 님."

그리고 생각보다 시원한 수락에, 이안은 약간 기분이 찜찜해졌다.

'뭐지? 이렇게 쉽게 수락할 줄은 몰랐는데…….'

하지만 좋은 게 좋은 것.

이안은 고개를 끄덕이며 대답했다.

"고맙습니다, 철우 님. 그럼 그렇게 처리되는 것으로 알겠습니다."

철우 또한 고개를 숙여 보이며 대답했다.

"협조해 주셔서 감사합니다."

거래가 성사되자, 이안은 궁금한 점들에 대해 철우에게 물었다.

"그럼 철우 님, 제가 마계에서 얻은 재화들은 다 어떻게 되는 겁니까?"

그에 철우가 기다렸다는 듯 친절히 설명을 시작했다.

"일단 모든 재화와 아이템은 로그아웃하시는 순간 사라지실 겁니다. 이곳은 테스트존이기 때문에 시스템 상 아이템 코드가 지워져 버리는 것이니 저희도 어쩔 수 없습니다."

그는 어쩔 수 없다는 말을 유독 강조했다.

이안은 조금 미심쩍었지만 다시 입을 열었다.

"그럼 마정석으로 이미 강화해 버린 제 아이템들은 어떻게 되는 거죠?"

철우의 대답이 이어졌다.

"이미 강화하신 아이템은 그대로 유지시켜 드리도록 조치하겠습니다. 그리고 아마 진행 중이시던 퀘스트도 그대로 유지될 겁니다."

무척이나 큰 선심을 쓴다는 듯한 말투였다.

이안은 천천히 고개를 끄덕였다.

'뭐, 이 정도라도 어디야. 엊그제부터 수집했던 강화석을 정상적인 루트로 다시 모으려면 얼마나 걸릴지 짐작도 할 수 없는걸.'

이안이 웃으며 철우를 향해 손을 내밀었다.

"신경 써 주셔서 감사합니다, 철우 님."

철우도 이안의 손을 맞잡으며 고개를 끄덕였다.

"별말씀을요. 플레이에 지장을 드려서 송구스럽습니다."

그런데 인사를 나눴음에도, 두 사람 모두 자리에 선 채 움직이지 않았다.

이안이 뒷머리를 긁적이며 철우를 향해 얘기했다.

"먼저 가시죠. 저는 정리할 게 좀 있어서…… 금방 로그아웃하겠습니다."

이안이 로그아웃하는 것을 확인하고 접속을 종료하려 했던 철우는 한숨을 푹 쉬며 대답했다.

"으음, 알겠습니다. 하지만 10분 이내로 로그아웃해 주셔야만 합니다."

이안이 재빨리 고개를 끄덕이며 대답했다.

"물론입니다. 철우 님 가시고 나면, 10분, 아니 5분 내로 로그아웃하도록 하지요."

"믿겠습니다."

그렇게 철우가 접속을 종료하고 나자, 이안은 서둘러 인벤토리를 열고 쌓여 있는 마정석들을 서둘러 꺼내었다.

'최소 모아 놓은 건 다 쓰고 종료해야지.'

그리고 잠시 후…….

이안 홀로 덩그러니 남아있는 마계에 월드 메시지가 울려 퍼지기 시작했다.

－유저 '이안' 님이 +5강에 성공하셔 초월 등급 장비를 획득하셨습니다.

－유저 '이안' 님이 +5강에 성공하셔 초월 등급 장비를 획득하셨습니다.

－유저 '이안' 님이 +5강에 성공하셔 초월 등급 장비를 획득하셨습니다.

5분도 채 지나기 전에 모든 장비를 +5강까지 만들어 낸 이안은 빠르게 게임을 로그아웃했다.

몇십 시간을 더 달릴 생각으로 버티고 있을 때는, 졸음이 쏟아지는 것을 크게 느끼지 못했었지만, 곧 로그아웃한다는 생각을 하기 시작하니 눈꺼풀이 미칠 듯이 무거워졌기 때문 이었다.

'이 정도면 충분히 만족스러울 정도로 이득 본 것 같아.'

강화를 하면서 알게 된 사실은, 5강이 되면 장비가 하얀 빛으로 빛나기 시작한다는 것이었다.

그리고 5강이 되는 순간 랜덤으로 옵션 하나가 생긴다는 사실도 알아냈다.

이안은 특히, '정령왕의 심판' 아이템에 붙은 초월 옵션이 마음에 들었다.

－초월 옵션 : 적의 공격을 회피할 시, 15퍼센트의 확률로 공격력의

30퍼센트만큼의 전격 피해를 입히며, 30퍼센트의 확률로 생명력을 10퍼센트만큼 회복합니다.

'내 플레이 스타일이랑 딱 맞는 옵션이야. 조건부 발동 옵션인데, 그 조건이 회피라니…….'

카일란에는 따로 회피율이라는 능력치가 존재하지 않는다.

오로지 높은 민첩성과 유저의 컨트롤 능력에 따라 적 공격의 회피 여부가 결정되는 것이다.

그렇기에 어지간한 공격은 회피하며 플레이하는 이안에게 정말로 딱 맞는 옵션이라고 할 수 있었다.

'공격력의 30퍼센트 수준의 전격 공격이면 그리 강한 수준은 아니겠지만 그래도 누적되면 제법 큰 DPS를 차지할 거고, 생명력 10퍼센트 회복이 정말 꿀이네.'

특히 수많은 적들로부터 공격받는 난전이라면, 수많은 공격들을 짧은 시간 내에 회피할 수 있게 될 것이다.

그 말인 즉, 플루크라도 터지면 바닥이었던 생명력이 단숨에 최대치까지 차오를지도 모른다는 이야기였다.

하지만 총 열 부위나 되는 아이템들을 전부 +5강까지 만들었음에도, 정령왕의 심판에 붙은 옵션만큼 좋은 것은 두어 개 정도밖에 되질 않았다.

'좋은 아이템일수록 초월 옵션도 더 좋은 걸로 붙을 확률이 높은 것 같기도 하고…….'

영웅 등급의 아이템이었던 하의와 부츠, 그리고 벨트에는 그냥 전투 능력치나 직업 능력치만이 붙었을 뿐이었으니까.

100~200 정도의 고정 수치 혹은 한 자리 수의 퍼센트수치 정도.

'생각해 보면 그 정도도 적은 양은 아니긴 하네.'

특히 통솔력의 경우는 정말 꿀 같은 옵션이었으니까.

위이잉-.

무려 53시간 만에 캡슐에서 나온 진성은 창밖을 한번 보며 고개를 절레절레 저었다.

하얗게 밝아오고 있는 새벽녘의 하늘이었기 때문이었다.

"후우, 내가 접속했던 게 밤 12시 정도였던 것 같은데…… 이러면 꼬박 이틀이 지나고 다시 아침 해가 뜬 건가?"

진성은 씻을 정신도 없이 침대로 몸을 날렸다.

그리고 그대로 곯아떨어졌다.

이럴 땐 잘 수 있는 만큼 푹 자는 것이 가장 현명하다는 것을 여러 번의 경험으로 알고 있었다.

띠링-.

-카일란의 세계에 오신 것을 환영합니다.

-시스템 변동으로 인해, 로그인 지점이 변경되었습니다.

-'마계 120구역'에서 '사랑의 숲'으로 캐릭터가 이동됩니다.

"크으아, 개운하다."

거의 20시간도 넘게 자고 일어난 이안은, 곧바로 다시 게임에 접속했다.

그리고 주변을 한번 둘러본 뒤 투덜거렸다.

"으, 어두침침한 마계가 더 좋았는데, 여긴 너무 핑크핑크해서 항상 부담스럽단 말이지."

어쨌든 중부 대륙이 아니고 사랑의 숲으로 이동되었다는 점은 만족스러웠기에, 이안은 기분 좋게 걸음을 옮겼다.

마계에서 추방당하기는 했지만, 퀘스트 조건은 만족시켰으니 어차피 이리엘을 만나러 가야 했기 때문이었다.

그런데 그때, 이안의 뇌리에 불현듯 스치는 것이 있었다.

"아 참, 아이템 전부 회수했으면 혹시 라쿤 영혼도 회수해 갔으려나? 내 호리병!"

이안은 서둘러 인벤토리를 열어 호리병을 확인해 보았다.

그리고 안도의 한숨을 쉴 수 있었다.

"휴, 그래도 호리병은 마계에서 얻은 아이템이 아니라 회수가 되지 않았나 보네."

호리병은 이리엘이 준 것이었고, 라쿤의 영혼은 전부 호리병 안에 집어넣었으니, 다행히 회수가 되지 않은 것이었다.

이안은 다시 가벼운 걸음으로 이리엘을 향해 이동했다.

"이안 님, 돌아오셨군요."

이리엘은 이안을 발견하자마자 반가운 표정이 되어 다가

왔다.

"네, 이리엘 님, 늦어서 정말 죄송합니다. 마계 안쪽에서 일이 좀 꼬이는 바람에…….""

이리엘은 천천히 고개를 끄덕이며 인자한 표정으로 대답했다.

"괜찮아요. 쉬운 임무는 아니었으니까요. 마계는 정말 위험한 곳이죠."

항마력이라는 사기 능력으로 스타팅 포인트에 있는 토끼 잡듯 라쿰을 사냥한 이안은, 쓴웃음을 지으며 고개를 끄덕였다.

"마계에는 확실히 강력한 몬스터들이 많더라고요, 하하."

이리엘이 환하게 웃었다.

"이안 님께서 무사히 돌아오신 게 정말 다행이에요. 제 게이트가 닫힐 때까지 돌아오지 않으셔서 정말 무슨 일이라도 당하신 줄 알았어요."

이안은 어깨를 으쓱하며 대답했다.

"다행히 이렇게 멀쩡합니다."

"그럼 이안 님, 라쿰의 영혼은 다 모아오신 건가요?"

이리엘의 물음에 이안은 인벤토리에서 호리병을 꺼내었다.

그리고 호리병을 그녀에게 내밀며 씨익 웃었다.

"여기, 가져왔습니다."

그 순간, 퀘스트 완료를 알리는 시스템 메시지가 울려 퍼졌다.

띠링-.

-'마족의 태동 Ⅰ (히든)(연계)' 퀘스트를 성공적으로 완수하셨습니다.

-클리어 등급 : C

-명성이 5만 만큼 증가합니다.

-10만 골드를 획득했습니다.

-클리어 등급이 B등급보다 낮기 때문에, 이리엘의 호감도가 3만큼 하락합니다.

떠오르는 메시지들을 보며, 이안의 표정이 살짝 구겨졌다.

'아니, 왜 클리어 등급이 C등급 밖에 안 되는 거야? 내가 너무 늦게 돌아와서 그런가?'

제한 시간이 따로 있는 퀘스트는 아니었지만, 이리엘이 유지시켜 주는 포털은 반나절 동안만 유지되는 것이었다.

그렇기 때문에 기준 시간은 반나절이라고 봐도 무방했고, 거의 세 배의 시간을 걸려서 퀘스트를 완료한 이안의 클리어 등급이 낮은 건 당연한 것이었다.

'쩝, 그래도 뭐…… 얻은 게 더 많으니까. 이리엘의 호감도가 3 정도 떨어진다고 해서 달라지는 것도 딱히 없을 테고.'

한편, 이안에게서 호리병을 받은 이리엘은 흡족한 표정으로 말을 이었다.

"훌륭해요, 이안 님. 정확히 이백 개의 영혼을 모아 오셨군요."

이안이 뒷머리를 긁적이며 대답했다.

"별말씀을……."

"이제 양피지를 줘 보세요. 제가 복원 작업을 해서 돌려 드릴게요."

"예, 잠시만요."

이안은 고개를 끄덕이며 인벤토리에서 양피지를 꺼내, 이리엘에게 건넸다.

그리고 이리엘은 양피지를 탁자 위에 내려놓더니 알아들을 수 없는 주문을 외우기 시작했다.

-Ssdlknf Adknk Qdlksndgkvv assosk…….

우우웅-.

그러자 그녀의 손에 들려 있던 양피지가 허공에 둥둥 떠올랐고, 탁자에 놓인 호리병이 조금씩 진동하기 시작했다.

"오오……."

이안은 그 장면을 흥미롭게 지켜보고 있었고, 잠시 후 호리병에서는 붉은색 기류가 흘러나오기 시작했다.

그리고 그 기류는 점점 빠른 속도로 양피지에 빨려 들어갔다.

퍼엉-!

허공에서 낮은 폭발음이 터져 나옴과 동시에, 양피지가 있던 자리에는 붉은 커버가 씌워진 책자 하나가 두둥실 떠올랐다.

이리엘이 그것을 눈짓하며 이안에게 말했다.

"이안 님, 받으세요."

이안은 천천히 책자의 앞으로 다가가 그것을 받아 들었고, 동시에 시스템 메시지가 떠올랐다.

띠링-.

-'고대 마수 도감' 아이템을 획득하셨습니다.

이안의 시선이 다시 이리엘을 향했고, 그와 눈이 마주친 이리엘이 아이템에 대해 설명하기 시작했다.

"마계에 대해 간단히 설명을 해 드릴게요."

이안은 눈을 초롱초롱 빛내며 대답했다.

"알겠습니다."

아직 업데이트 되지도 않은 신규 콘텐츠에 대한 정보야 말로, 지금 시점에 그 무엇보다 값진 것이었으니까.

이리엘의 말이 이어졌다.

"일단, 이안 님도 아실지 모르지만, 마계에는 크게 마족과 마수가 존재한답니다."

그녀의 설명을 들으며, 이안은 속으로 생각했다.

'마족은 인간형 몬스터라고 생각했는데, 그것도 아닌 건가?'

"하지만 마족이라고 해서 마수보다 강하고, 마수라고 해서 마족보다 약하지는 않습니다. 마수 중에도 마롱이나 발록과 같은 높은 등급의 마수는, 최상위 마족들도 함부로 상대할 수 없거든요."

그녀의 설명은 제법 길었지만, 요약하자면 이러했다.

1. 마족과 마수는 별개의 존재이다. 마수가 마족의 하위에 있는 생명체라고 생각하면 안 된다.

2. 마족은 크게 다섯 등급으로 나뉜다. 가장 높은 등급의 마족은 왕족이라 칭해지며, 이어서 노블레스, 상위 마족, 평마족, 하급 마족으로 분류된다고 한다.

하지만 마족의 등급은 태생으로 정해지는 것이 아니며, 공식 결투를 통해 공증된 마계 순위를 통해 정해진다.

100위권 내의 전투력을 가진 마족들이 왕족이며, 1천 위권 내의 전투력을 가진 마족들이 노블레스, 그 아래로 상위 30퍼센트 이내의 전투력을 가진 마족이 상위 마족이다.

기본적으로 대부분의 마족들이 평마족이라 칭해지는데, 하위 20~30퍼센트 정도의 전투력을 가진 마족들은 하급 마족으로 분류된다.

3. 마수들 또한 등급이 있다. 마수들은 인간계의 몬스터와 동일하게 등급이 매겨지며, 전설 등급 이상의 마수들은 자아를 갖고 인간과 대화도 나눌 수 있다.

4. 어떤 종족이든 '악마의 순혈'을 손에 넣으면 반인반마가 될 수 있는데, 반인반마가 되면 '마기'라는 새로운 에너지를 다룰 수 있게 되며, 영웅 등급 이하의 마수들과도 교감을 나눌 수 있게 된다.

또한, 마족들과의 결투를 통해 마족의 서열 싸움에도 참여할 수 있게 된다.

설명을 열심히 들으며 머릿속에 정보들을 정리한 이안은, 천천히 되새겨 보았다.

'재밌는 내용들이 많네. 내가 알았던 부분은 악마의 순혈에 대한 정보 정도군…….'

생각보다 세세하고 훌륭한 정보들에 이안은 어디에 메모라도 해 두고 싶었다.

"목이 타네요. 잠시 물 좀 마시고……."

쉴 틈 없이 얘기한 이리엘이 탁자에 있는 물을 한 모금 홀짝인 후 다시 입을 열었다.

"짐작하셨겠지만, 지금 이안 님께서 얻은 그 '고대 마수도감'은 각종 마수들에 대한 데이터가 들어가 있는 아이템이에요."

"오호, 그렇군요."

"과거에 악마의 순혈을 이용해 반마가 되셨던 엘프 소환술사인 세르비안 님이 남겨 놓으신 작품이죠."

이안의 눈이 살짝 커졌다.

'역시…… 소환술사는 마수도 테이밍할 수 있는 거였어.'

마계 초입에 등장했던 하급 마수들은 외모도 비호감인 데다 통솔력도 부족했기에 테이밍을 시도해 보지 않았지만, 어느 정도 짐작하고 있던 사실이었다.

이안은 확인차 이리엘에게 물었다.

"역시, 마수도 테이밍이 가능했군요."

이리엘이 고개를 끄덕였다.

"그래요. 마수들 또한 인간계의 몬스터처럼 테이밍이 가능하죠."

"오오……."

그런데 그때, 이리엘이 웃으며 한마디 덧붙였다.

"단, 조건이 하나 필요해요."

조건이라는 말에 이안의 표정이 살짝 구겨졌다.

"조건요? 무슨 조건이 필요하죠?"

"'마수 친화력'이라는 능력치가 필요해요."

처음 듣는 능력치의 이름에, 이안의 두 눈이 살짝 커졌다.

"마수 친화력요?"

이리엘이 고개를 끄덕이며 설명을 이었다.

"예. 마수 친화력요. 일반적인 소환술사가 가진 친화력이라는 능력치랑 비슷한 역할을 하는 스텟이라고 생각하시면 됩니다."

친화력은 상급 몬스터를 포획하기 위해 필요한 능력치다.

등급이 높은 몬스터들 중에는 친화력이 낮으면 아예 포획 시도 자체가 불가능한 경우도 있다.

이안의 경우에는 대부분의 소환수들이 퀘스트나 특별한 루트를 통해서 얻은 개체들이었기에, 지금까지 비교적 낮은 친화력으로도 전설 등급 이상의 소환수들을 얻을 수 있었던 것.

"아하, 그렇다면 그 능력치를 얻기 위해선 어떻게 해야 할까요? 이리엘 님께선 방법을 아시나요?"

이리엘이 빙긋 웃었다.

"물론이죠."

그리고 이리엘은, '듀얼 클래스'에 대한 설명을 시작했다.

"먼저 이안 님께선 반인반마가 되셔야 해요. 그렇게 되면 듀얼 클래스라는 걸 얻을 수 있거든요."

"듀얼 클래스라……."

신규 업데이트 공지에 첨부되어 있는 패치 노트 안에서 이미 듀얼 클래스에 대한 내용을 어느 정도 파악한 이안이었지만, 더욱 집중해서 이리엘의 말을 경청했다.

"네. 그리고 마계 100구역에 존재하는 분노의 도시에 가면 마계의 각종 직업을 얻을 수 있는 직업 길드가 있어요. 거기서 '소환마召喚魔'라는 클래스를 얻으시면 된답니다."

"마계 100구역…… 분노의 도시…… 소환마……."

이안은 열심히 중얼거리며 이리엘의 입에서 나오는 정보들을 모조리 머릿속에 구겨 넣었다.

패치노트에 나와 있던 정보들은 무척이나 단편적이었기에, 이리엘이 전해 주는 이 정보들이 더욱 꿀 같은 알짜배기로 느껴졌다.

'뭐가 됐든 대규모 업데이트가 끝나고 마계가 열리면, 일단 마계 수문장 얀쿤의 퀘스트부터 클리어해야겠어. 일단 악마의 순혈이 있어야 모든 걸 시작할 수 있는 시스템이군.'

이안이 열심히 생각하는 동안, 이리엘의 말은 계속해서 이어졌다.

"제가 드린 그 '고대 마수 도감'이 아마도 이안 님께 큰 도움이 될 거예요."

"감사합니다."

이안은 대답을 하며 마수 도감을 슬쩍 펼쳐 보았다. 그리고 두 눈에 이채가 떠올랐다.

'마수도 인간계에 존재하는 몬스터만큼이나 다양하네. 일단 전직에 성공하면 한번 정독을 해 봐야겠어.'

도감을 훑어보고 있는 이안을 향해, 이리엘이 다시 입을 열었다.

"그리고 이안 님, 이제 마족들에 대한 정보를 얻어 오셔야 할 차례예요."

이리엘의 말에, 마족의 태동 퀘스트가 연계 퀘스트였던 것을 기억해 낸 이안이 고개를 끄덕였다.

"말씀하세요. 제가 할 수 있는 일이라면 돕도록 하겠습니다."

"고마워요, 이안 님."

이리엘의 대답이 끝나자마자, 퀘스트 알림음과 함께 새로운 퀘스트창이 이안의 앞에 떠올랐다.

띠링-.

마족의 태동 II (히든)(연계)

사랑의 숲의 관리자이자 뛰어난 엘프 소환술사인 이리엘은, '고대 마수 도감' 복원을 성공한 당신에게 큰 신뢰를 하고 있습니다.

그녀는 당신이 마계에 숨어들어 그들의 동태를 살펴 주기를 원합니다.

마계 100구역에 있는 '분노의 도시'에 잠입하여, '반마'이자 노블레스 마족인 '세라핌'을 만나십시오.

그를 통해 마족의 동태를 알아내고, 그를 도와 인간계에 태동하려는 마족들의 계획을 막아야 합니다.

퀘스트 난이도 : SS

퀘스트 조건 : '마족의 태동 I (히든)(연계)' 퀘스트를 성공적으로 수행한 유저

제한 시간 : 없음

보상 : ?

*거절할 수 없는 퀘스트입니다.

퀘스트 내용을 다 읽은 이안은, 일견 이해가지 않는 부분이 있었다.

'뭐지? 마족의 태동을 막는데, 노블레스씩이나 되는 마족의 도움을 받으라고?'

그런데 이안의 의문점을 알아차리기라도 했는지, 이리엘이 곧바로 설명해 주었다.

"세라핌 님은 100년 전, 악마의 순혈을 삼키고 '반인반마'로 마족이 된 인간계의 영웅이에요."

"아하……."

"그리고 천 년 전에도 그랬었지만, 모든 마족이 인간계로

의 침공을 원하는 건 아닙니다. 마족들 중에도 파괴적인 성향을 가진 일부 마족들이 이계로의 침공을 즐기죠. 우리는 그들을 '파괴마'라고 부릅니다."

이안은 의아한 표정이 되었다.

'뭐지? 마족도 마수들처럼, 기본적으로 인간을 적대하는 몬스터나 다름없을 것이라고 생각했는데…… 그게 아닌가?'

이리엘의 말이 이어졌다.

"이안 님이 지금부터 해 주셔야 할 일은 저와 세라핌 님을 도와서 평화를 원하는 일반 마족들을 규합하고, '파괴마'들의 인간계로의 침략을 막아 내는 겁니다."

뭔가 인간계를 구해야 한다는 엄청난 사명이 생긴 것 같은 기분에, 이안은 잠시 벙찐 표정이 되었다.

"뭔가 굉장하군요."

이리엘이 웃었다.

"이것을 해내신다면, 이안 님은 마계의 파괴자들로부터 인간계를 구한 영웅이 되시는 셈이니 대단한 일이 맞긴 하네요."

"하, 하핫……."

이리엘이 어색한 웃음을 짓는 이안을 마주보았다.

"그리고 이번 기회에 파괴마들의 뿌리를 뽑을 수 있다면, 처음으로 인간계와 마계의 교류가 생길지도 모르겠어요."

이안은 속으로 생각했다.

'어쩌면 이 퀘스트가 카일란 전체의 판도를 바꿔 놓을 수

도 있는 건가?'

인간계와 마계의 교류.

이안은 이 부분에서 뭔가 흥미로운 콘텐츠들이 많아질 것 같다는 직감이 들었다.

그리고 이 거대한 게임이 변화하는 중심에, 자신이 서 있다는 것은 무척이나 즐거운 일이었다.

"흥미롭네요. 제가 꼭 이리엘 님의 기대를 저버리지 않도록 하겠습니다."

"그래요 이안 님만 믿을게요. 아마 마계와의 교류가 생긴다면, 서로에게 무척이나 긍정적인 영향을 미칠 수 있을 거예요. 마계는 우리의 생각보다 발전되고 신비로운 문명을 가진 집단이거든요."

"신기하네요. 무튼 그럼 이번에도 이리엘 님께서 포털을 열어 주시는 건가요?"

곧 바로 퀘스트를 위해 움직이기라도 할 듯, 의욕 넘치는 이안을 보며 이리엘이 고개를 절레절레 저었다.

"아뇨. 원래는 그러려고 했지만 지금 마계에 무슨 문제가 있나 봐요, 이안 님."

"네에? 문제요?"

이리엘이 고개를 끄덕였다.

"네. 마계로 향하는 차원의 공간이 완벽히 차단되어 있네요. 종종 이런 일이 있어요."

그제야 아직 업데이트가 되지 않았다는 것을 자각한 이안이 멋쩍게 웃었다.

"아하, 그렇군요."

"하지만 아마 그리 멀지 않은 시일 내에 정상화될 것 같아요. 길어야 며칠 정도? 그때가 되면, 제가 수정 구슬을 통해 연락을 드리도록 할게요."

이안은 고개를 끄덕거리며 힘주어 대답했다.

"예, 이리엘 님.. 기다리고 있겠습니다."

꼬박 하루를 푹 자고 난 이안은, 몸에 활력이 넘치는 것을 느꼈다.

"으, 좀 찌뿌둥하긴 하지만 그래도 푹 자고 나니까 좀 살 것 같네."

이안은 오랜만에 파이로 영지를 향해 걸음을 옮겼다.

일단 마계가 열릴 때까지는, 정비에 주력하는 것이 좋다는 판단이었다.

'내가 꼬박 하루를 잤으니까, 이제 업데이트 날짜까지 사흘 정도가 남은 셈인데, 그 안에 아무리 열 내며 레벨 업을 해 봐야 1레벨 올리기도 힘들 거야.'

차라리 그동안 사냥을 통해 얻은 잡템들과 고급 장비들을 팔아치우고, 영지 경영에 시간을 쓰며 조금 쉬는 것도 괜찮다는 판단이었다.

위이잉-.

파이로 영지의 공터.

공명음과 함께 포털이 열리며, 이안이 광장 한복판에 나타나자 많은 유저들의 시선이 그곳을 향했다.

광장 한복판에 포털을 열 수 있는 유저는 로터스 길드 소속의 유저뿐이었고, 로터스 길드는 많은 유저들에게 선망의 대상이었기 때문이다.

그런데 그때, 누군가의 외침으로 그 관심에 더욱 큰 불이 붙어 버렸다.

"와아! 이안 님, 이안 님이다!"

"정말? 저 사람이 이안이야?"

"오, 맞아! 진짜 이안이다!"

"그러네, 화면에서 본 얼굴이랑 똑같잖아! 완전 평범하게 생겼어!"

이안은 자신의 주변으로 몰려드는 유저들을 보며 살짝 당황했다.

'완전 평범하게 생겼다니……. 평범함을 거부하며 살아왔다 자부하는데.'

이안은 실없는 생각을 하며 영주성을 향해 걸어갔다.

나름 인기 관리를 위해 달라붙는 팬들과 악수를 해 주기도

했다.

"저기요, 이안 님! 이 아이템은 어디서 얻으신 거예요? 간지가 철철 흐르네요."

"그, 그게 저도 잘 기억이……."

"와, 근데 이안 님 템 전부 세트로 맞추신 거예요? 전부 같은 색상으로 하얗게 빛나네요? 이런 아이템은 처음 보는데……."

"그러게! 진짜 장난 아니다. 제가 나름 룩덕이라 자부하는데, 이런 간지나는 룩은 처음 봤어요. 이거 이렇게 빛나게 하려면 어떻게 해야 하죠? 염료 바른다고 되는 건 아닌 거 같은데…… 이펙트 마법이라도 인첸트 해야 하는 건가?"

물론 이안의 유명세는 이제 카일란 한국 서버 내에서 순위를 다투는 수준이었지만, 이렇게까지 관심이 쏠린 데에는 이안의 장비가 가장 큰 역할을 했다.

원래도 고급 장비들이어서 때깔이 좋았지만, 이번에 죄다 5강에 성공하여 초월 장비를 만들면서 모든 장비가 새하얀 빛으로 빛났기 때문이었다.

"하, 하하, 여러분 제가 일이 있어서 좀 가 봐야 할 것 같아요. 죄송합니다!"

겨우겨우 인파를 뚫고 영주성으로 들어온 이안은 고개를 절레절레 저었다.

"이게 사냥보다 더 피곤한 것 같아, 하아……."

영주성으로 돌아온 이안은 대략적인 내정 시스템을 한 번씩 훑어봤다.

어차피 파이로 영지의 영주는 피올란이었기 때문에 이안에게 모든 권한이 있는 것은 아니었고, 대충 20여 분 정도 만에 할 수 있는 모든 내정을 끝낼 수 있었다.

'이제 길드원들에게 새로운 콘텐츠에 대한 정보를 전달해야겠지?'

신규 콘텐츠가 등장할 때마다, 항상 가장 중요한 것은 정보였다.

정보는 곧 힘이자 돈이었고, 새로운 콘텐츠가 등장할 때는 더욱 더 가치 있었으니까.

이안은, 영주실에 들어가 피올란과 헤르스 등 수뇌부 유저들을 소환했다.

'정보의 차단도 중요해. 신규 콘텐츠가 여러 번 나왔지만, 이렇게까지 정보를 선점할 수 있었던 기회도 없어.'

중부 대륙 한복판에 넓은 구간을 걸쳐 그 위용을 뽐내고 있는 파이로 영지.

로터스 길드는 파이로 영지 덕에 근 몇 달 동안 눈부신 성장을 할 수 있었다.

랭킹이야 아직 10위권에 머물러 있었지만, 실질적인 길드의 힘은 이제 5대 길드와 견주어도 손색이 없을 것이라고 이안은 짐작했다.

'그리고 이번 마계 콘텐츠를 통해, 압도적인 1위 길드로 한 번에 발돋움 해야겠지. 그리고 내가 가진 정보들은 그를 위한 훌륭한 발판이 되어 줄 거야.'

중부 대륙의 전쟁이 소강상태라는 것은 이안도 이미 들어서 알고 있는 정보였다.

그리고 이 3차 대규모 업데이트의 모든 콘텐츠가 소모됨과 동시에, 루스펠 제국의 마지막 전선도 무너질 것이라고 생각했다.

'대규모 업데이트 타이밍이 정말 기가 막혔어. 지금 루스펠이 무너져 버렸다면 너무 이른 타이밍이었는데…….'

무너진 루스펠의 자리에 들어가 새로운 독립된 국가를 세우기 위해선, 아직 힘이 조금 부족했다.

'이번 업데이트의 콘텐츠가 전부 소모되기 전까지 거대 길드들의 최소 2~3배는 될 전력으로 로터스 길드를 만들어 놓겠어.'

이안은 주먹을 불끈 쥐고는 굳게 다짐했다.

쉽지 않은 목표가 있다는 건, 항상 이안을 움직이게 하는 가장 큰 원동력이 되어 주었다.

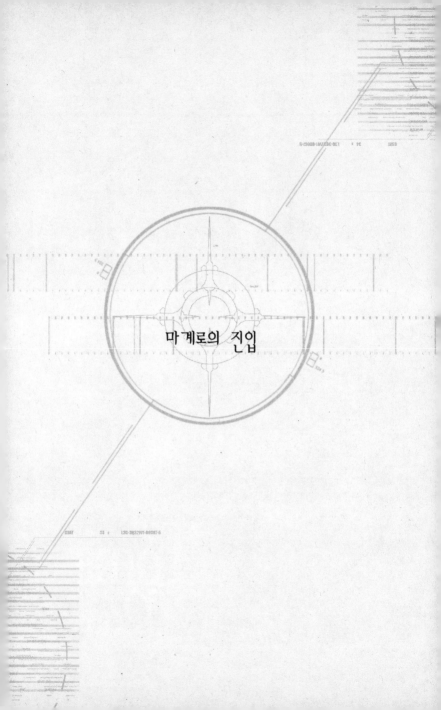

마 계로의 진입

Taming
Master

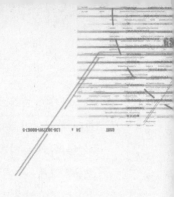

　드디어 '마계'라는 새로운 콘텐츠를 담은 대규모 업데이트 날짜가 다가왔다.

　카일란은 업데이트 준비를 위해, 이례적으로 꼬박 하루 동안 서버를 닫았으며, 덕분에 이안은 오랜만에 하린과의 데이트도 즐길 수 있었다.

　그리고 마침내 업데이트 당일.

　이안은 비장한 표정으로 쇼파에 앉아 시계를 보고 있었다.

　째깍- 째깍-.

　이안의 옆에는, 하린이 그의 팔짱을 끼고 앉아 있었다.

　하린도 오늘은 딱히 일정이 없었기에, 이안의 집에 있는 여분의 캡슐에서 함께 게임을 하기로 한 것이었다.

오픈 시간만 기다리는 이안을 보며, 하린이 투덜거렸다.

"그렇게 게임이 좋아?"

순간 이마와 등허리에 식은땀이 한 줄기 흘러내렸다.

"으응? 그게…….."

이안은 불안했다.

하린이 '게임이 좋아, 내가 좋아?'를 시전할 것만 같은 불길한 예감에 사로잡혔다.

'그렇게 물으면, 뭐라고 대답하지?'

이안에게 만큼은 '아빠가 좋아, 엄마가 좋아?'보다 더 어려운 난제였다.

하지만 다행히도, 하린은 그것을 물어보진 않았다.

"얼씨구. 좋아 죽는구먼, 아주."

고개를 절레절레 흔드는 하린을 보며, 이안은 안도의 한숨을 내쉬었다.

다행히 삐지지는 않은 것 같았다.

이안은 막간을 이용해 책상에 있던 수첩을 가져와서 하린에게 강의를 시작했다.

"하린아, 여기 내가 마계에 요리 관련 콘텐츠 조사해서 전부 다 모아 놨으니까, 이거 보고 따라서 퀘스트 풀어 가면 돼. 알겠지?"

하린은 이안의 설명을 조목조목 들으며 진지한 표정으로 고개를 끄덕였다.

이제 거의 자신에게 동화되어 가고 있는 하린을 보며, 이안은 뿌듯한 미소를 지었다.

'이런 여자친구는 또 없을 거야.'

길드 사냥 중에 여자친구의 호출로 매번 불려 나가는 유현을 생각하며, 이안은 하린에게 깊은 감사를 느꼈다.

"무튼, 하린아. 여기 있는 퀘스트 다 완료하고, 마계 퀘스트 받으면 바로 나한테 메시지 보내. 알겠지?"

"응! 알겠어."

"그때까지 난 최대한 마계 안에서 정보 모아 놓고 있을게."

"오케이!"

그리고 잠시 후 카일란 서버 오픈 시간이 되었고, 이안은 곧바로 캡슐에 들어가 앉았다.

'우선 바로 이리엘에게 가야겠어.'

이안은 신바람이 나서 카일란으로 접속했다.

지금 이 순간, 이안보다 먼저 마계에 들어갈 수 있는 유저는 아무도 없을 것이었다.

이리엘에게 가서 말만 걸면, 곧바로 진입 포털이 열릴 것이었으니까.

훈이와 카노엘은 북부 대륙에서 오클리를 찾아, 영웅 퀘스트를 열심히 진행 중이었다.

"카노엘 형, 이제 한 두 군데만 더 돌면 끝이지?"

"응, 이제 진짜 끝이 보인다. 어휴."

카노엘이 훈이의 등을 토닥이며 진심어린 감사를 건네었다.

"훈이, 네가 아니었으면 진짜 이 퀘스트 엄두도 못 냈을 거야. 덕분에 서버 당 열세 개 밖에 없는 고대의 영웅 히든 직업을 내가 갖게 될 줄이야."

그의 말에 훈이가 고개를 저으며 대답했다.

"무슨 소리. 나도 형 덕분에 마계로 진입할 수 있는 퀘스트를 얻게 되었다고. 보상도 두둑히 얻었고. 또 새로 얻은 임모탈의 권능도 제대로 시험해 볼 수 있었고."

무척이나 훈훈한 광경이었지만 훈이 또한 빈말로 하는 말은 아니었다.

카노엘의 드래곤 테이머 전직 퀘스트를 도와주던 중에, 마계로 진입할 수 있는 실마리가 되는 퀘스트를 얻었던 것이었다.

훈이는 카노엘의 퀘스트가 끝나는 대로, 마계 진입 퀘스트를 클리어하고 마계에 진입할 계획이었다.

'흐흐, 이렇게 운 좋게 퀘스트를 얻을 줄이야. 아마 나보다 마계에 일찍 진입하는 놈은 없겠지?'

그런데 훈이가 속으로 기분 좋은 생각을 하고 있던 그때, 카일란에 접속해 있던 모든 유저들의 시야에 붉은색으로 빛나는 서버 시스템 메시지가 크게 떠올랐다.

－소환술사 유저, '이안' 님이 최초로 마계 진입에 성공하셨습니다.

물론 메시지를 읽자마자 훈이의 표정은 썩어 들어갔다.

"뭐, 뭐야 대체?"

반면에 카노엘은 존경스럽다는 표정으로 중얼거렸다.

"와, 역시 이안 형, 대단하네. 서버 열린 지 3분 만에 마계로 들어갔어."

"……."

훈이는 오늘도 넘을 수 없는 벽을 실감하며, 침울한 기분이 될 수밖에 없었다.

－모든 유저들 중, 최초로 '마계' 진입에 성공하셨습니다.

－명성을 30만 만큼 획득합니다.

－'마계의 선지자' 칭호를 획득합니다.

－일주일간 모든 경험치와 재화를 두 배로 획득합니다.

－24시간 동안 영웅 등급 이상 아이템 드롭율이 50퍼센트만큼 증가합니다.

－영구적으로 '항마력' 능력치를 2퍼센트만큼 획득합니다.

－영구적으로 '마기' 능력치를 1,500만큼 획득합니다.

－영구적으로 '마기 발동 확률' 능력치를 5퍼센트만큼 획득합니다.

－짙은 마기의 농도로 인해 모든 능력치가 30퍼센트만큼 감소합니다.

－짙은 마기의 농도로 인해 움직임이 20퍼센트만큼 느려집니다.

－감소한 능력치는 24시간에 걸쳐 조금씩 회복됩니다.

이안은 끊임없이 떠오르는 시스템 메시지를 보며 뿌듯한 미소를 지었다.

모든 시스템 메시지가 긍정적인 부분만 있는 것은 아니었지만, 그래도 대체로 엄청난 메리트를 가진 보상들이 많았기 때문에 싱글벙글할 수밖에 없었다.

'역시 차원계 최초 발견 보상은 던전이나 필드랑은 비교도 안 되게 어마어마하구나.'

시스템 메시지를 본 이안은 의욕이 무럭무럭 자라나는 것을 느꼈다.

'항마력이 2퍼센트 추가로 증가했으니까 이제 7퍼센트인가? 이것도 엄청 꿀이네.'

이안은 시스템 메시지를 하나하나 확인하던 중 처음 보는 능력치를 발견했다.

"어? 마기랑 마기 발동 확률은 뭐 하는 능력치지?"

이안은 곧바로 정보 창을 열었다.

그리고 캐릭터 정보 옆에 새로 생긴 두 가지 능력치를 확인해 보았다.

모든 능력치는 세부 정보를 열면 그에 대한 설명을 볼 수 있기 때문에, 구체적인 능력치의 역할을 확인하기 위함이었다.

이안은 마기와 마기 발동률에 대한 설명을 보고 약간 실망했다.

"엄청난 능력치이긴 한데, 소환술사한테는 불리한 능력이잖아."

이안이야 셀라무스의 전사가 된 이후 직접 전투에 참여하는 비중이 늘어났기 때문에 그래도 유용하게 써먹을 수 있겠지만, 일반 소환술사들에게는 그야말로 그림의 떡인 셈이다.

'공격 속도가 빠를수록 유리한 스텟일 테니…… 공격 속도 위주로 키운 전사나 궁수에게 제일 좋은 능력치겠네.'

새로 얻은 능력치들과 버프에 대한 점검이 끝난 이안은, 서둘러 움직이기 시작했다.

'경험치 버프 시간만큼은 낭비할 수 없지.'

곧바로 퀘스트를 진행하면 가장 좋겠지만, 지금 당장 그것은 불가능했다.

'이제는 항마력이 99퍼센트가 아니니까…….'

일주일 전에는 파리 잡듯 때려잡던 200레벨대의 라쿰들도, 이제 전력을 다해서 상대해야 하는 강력한 몬스터가 된 것이었다.

이안은 소환수들을 모조리 소환했다.

"소환!"

장비들을 최다 5강까지 강화하면서, 아이템에 붙어 있던 통솔력 옵션 또한 한 배 반 증가했다.

덕분에 이안은 카르세우스를 소환하고도, 라이와 핀, 빡빡이까지 소환할 수 있게 되었다.

'레벨 조금만 더 올리면 할리도 소환할 수 있겠어.'

이안은 문득 뿍뿍이에게 미안해졌다.

뿍뿍이는 소환하기 위해 필요한 통솔력에 비해 전투에서 효율이 떨어졌기 때문에 소환하지 않은 지 무척이나 오래된 것이다.

'미안하다, 뿍뿍아. 형이 통솔력 많이 올리고 소환해 줄게.'

전투 준비를 모두 마친 이안은, 포털이 열린 맵의 구역 번호를 확인했다.

그리고 입꼬리를 씨익 말아 올렸다.

'좋아, 지난주에 질리도록 돌아다녔던 맵이군.'

어지간한 하급 마수들의 공격 패턴은 전부 다 머릿속에 넣어 둔 이안이었다.

물론 항마력 99퍼센트라는 사기 능력이 있을 때보다는 훨씬 조심해야겠지만, 200레벨~230레벨 사이의 하급 마수들은 어렵지 않게 사냥해 낼 자신이 있었다.

"라이야."

-불렀는가, 주인.

"오랜만에 사냥 한번 달려 볼까?"

-크릉. 좋다. 주인!

그의 말에 라이가 해맑게 웃었다.

이안은 만족스러운 표정으로 라이의 갈기를 쓰다듬었다.

카르세우스와 빡빡이는 공포에 질린 표정으로 그 광경을 지켜봤다.

-카르세우스, 우리 큰일 난 것 같다.

빡빡이의 중얼거림에, 카르세우스가 우울한 표정으로 고개를 끄덕였다.

-나도 알고 있다. 주인 놈이 또 발동 걸린 것 같다.

-어떡하냐? 최소 일주일은 쉴 수 없을 것 같다.

카르세우스의 표정이 더욱 침울해졌다.

-뿍뿍이가 부럽다.

-나도 그렇다. 쉬고 싶다.

빡빡이의 말에 카르세우스가 그를 째려보았다.

-넌 그래도 근 몇 주 동안 거의 쉬었잖아. 정말 오랜만에 소환됐으면서 배부른 소리 하는군. 난 계속 1순위로 소환돼서 일했다고.

그에 빡빡이가 모른 척 고개를 돌렸다.

-원래 일 안 하다가 하면 더 하기 싫은 법이다. '월요병'이랑 비슷한 이치라고 할 수 있지.

-월요병이 뭔데?

-주인 놈의 여자친구가 알려 준 건데, 인간들은 토요일과 일요일에 쉰다고 한다. 그래서 쉬고 난 다음날인 월요일에는 더욱 일하기가 싫어지는데, 그걸 월요병이라고 한다더군.

카르세우스가 고개를 끄덕였다.

-주인 놈의 여자친구라면…… 하린? 생각해 보니 일리 있다. 내가 인간이라도 그럴 것 같다.

월요병에 걸린 거북이, 빡빡이는 고독한 표정으로 하늘을 올려다보았다.

-마계의 하늘은 정말 슬픈 붉은 빛이군.

-크으…….

둘의 대화를 지켜보던 이안은 어이없다는 표정으로 말했다.

"사냥 재밌지 않냐? 이걸 일이라고 표현하다니."

카르세우스와 빡빡이는 더욱 어이없다는 표정이 되었다.

-그걸 말이라고 하는 건가, 주인?

-하아…… 월요병은 정말 힘든 병이다.

이안은 고개를 절레절레 흔들며 라이의 머리를 쓰다듬었다.

"너희는 라이 좀 본받아야 돼. 우리 라이 봐라. 사냥을 즐기잖아."

그에 빡빡이가 더욱 슬픈 표정으로 한마디 읊조렸다.

―라이…… 우리 불쌍한 라이는 '워커 홀릭'이라는 병에 걸린 거로군.

"……."

그렇게 잠시간의 실랑이가 끝나고, 이안 일행은 마수들을 사냥하기 위해 움직이기 시작했다.

'일단 일주일은 숨만 쉬면서 사냥이다! 버프 끝나기 전에 180레벨은 찍고 만다.'

일주일 만에 무려 5레벨을 올리겠다는 무시무시한 다짐에, 카르세우스와 빡빡이는 무거운 몸을 이끌고 이안의 뒤를 따랐다.

차원계 최초 발견 보상이라는 어마어마한 버프는 이안을 더욱 불타오르게 만들었다.

"세리아, 너는 따라다니면서 영웅 등급 이상 아이템만 따로 수거해서 모아 놔. 알겠지?"

"옛, 영주님."

"폴린, 너는 이제부터 마수들 몰아오는 데 주력해. 딜량은 부족하지 않은 것 같으니까."

"명을 받듭니다."

이안은 가신들과 소환수들 하나하나에게 가장 효율적인 포지션을 맡기며 정신없이 하급 마수들을 쓸어담았다.

이안 일행의 주력 딜러 중 한 명인 카이자르가 따분하다는 듯한 표정으로 이안에게 물었다.

"영주 놈아, 그런데 대체 왜 다음 맵으로 넘어가지 않는 거냐? 여기 너무 시시하잖아."

카이자르는 다행히 라이만큼이나 사냥을 좋아했다.

그렇기에 이안의 무한 사냥에 불만을 표한 적은 단 한 번도 없었다.

다만 자신의 기준에서 너무 약한 적을 상대로 싸우는 것이 못마땅했는지, 이안에게 툴툴거렸다.

"봐봐, 카이자르, 우리가 아까 전엔 중급 마수들도 좀 잡았었잖아?"

카이자르가 고개를 끄덕이며 대답했다.

"그랬었지. 그때가 스릴도 있고 재밌었다. 하급 마수들은 이제 너무 약하다."

카이자르의 말에 이안이 차분히 설명을 시작했다.

"물론 나도 중급 마수들이랑 싸우는 게 더 재밌어. 레벨도 200 후반이라서 공격 한 번 한 번 피할 때마다 스릴 넘치더라고. 그런데 말이야."

카이자르는 여전히 불만스런 표정으로 이안을 응시하고 있었고, 이안의 말이 이어졌다.

"계산해 보니까 분당 경험치 수급량이 하급 마수들 사냥할 때가 1.3배 정도 많은 것 같더라고. 물론 다음 맵으로 넘어가서 중급 마수들 사냥하는 데 좀 적응이 되면 조금은 빨라지겠지만……."

"크흐음……."

조목조목 설명하는 이안의 말에, 카이자르는 고개를 천천히 끄덕였다.

"그렇게 계산까지 했다면, 할 말은 없군."

최근 들어 카이자르도 레벨 업에 대한 욕심이 이안 못지않게 늘어났는데, 거기에는 이유가 있었다.

"가신님아, 곧 있으면 또 레벨 업이잖아. 얼른 레벨 업해서 280레벨 찍어야지."

카이자르가 고개를 주억거리며, 등에 메고 있는 대검의 손잡이를 만지작거렸다.

"그렇다, 빨리 레벨을 올려야 해."

그 이유는 다름 아닌, 아이템의 레벨 제한 때문이었다.

이안이 경매장에서 우연히 발견하여 사들인 전설 등급의 280레벨 제한의 대검이, 카이자르의 마음에 쏙 들었던 것이다.

그렇기 때문에 카이자르는, 효율적으로 레벨 업을 하는 데는 도가 터 있는 이안을 따를 수밖에 없었다.

"가신님이 그 대검 휘두르면 간지가 철철 흐를 것 같다."

이안의 말에 카이자르가 고개를 갸웃했다.

"간지가 뭐냐, 영주 놈아?"

그에 옆에 있던 빡빡이가 불쑥 끼어들어 대답했다.

-'간지'란 마치 후광과도 같은 것이다. 카이자르. 보통 멋짐이 흘러넘치는 인간들에게 많이 사용하는 단어라고 알고 있다.

빡빡이의 설명에 카이자르는 뿌듯한 표정이 되었다.

"오오, 그렇게 아름다운 단어였다니! 간지라…… 내게 어울리는 단어가 아닐 수 없군."

둘을 번갈아 쳐다 본 이안이 어이없다는 듯한 표정으로 빡빡이를 쳐다보았다.

"빡빡아, 그건 또 어디서 들은 거야? 이번에도 하린이야?"

빡빡이가 고개를 저으며 대답했다.

-아니다, 주인. '간지'라는 단어는 피올란이 알려 줬다.

이안이 고개를 절레절레 저으며 말했다.

"후우, 그런 쓸데없는 거 배울 시간에 사냥이나 해라, 빡빡아."

빡빡이는 우울한 표정이 되었다.

-우리 귀룡의 일족은, 항상 새로운 지식을 갈구하는 지성 넘치는 거북이다, 주인. 난 무식하게 사냥만 하는 마초북이보단, 지적인 뇌섹북이 되고 싶다.

"……."

할 말을 잃은 이안은 한숨을 푹 쉬며 창대를 고쳐 잡았다.

"지금부터 1분에 한 마리씩 잡는다. 1시간 동안 예순 마리 못 채우면 오늘 점심밥은 없을 줄 알아."

잔인한 이안의 선언에, 빡빡이와 카르세우스가 다 죽어가는 표정이 되었다.

─그건 너무하다, 주인!!

─하아…….

하지만 그들의 호소가 이안에게 통할 리 없었다.

그렇게 이안 일행은 일주일 동안 마계 외곽 지역에 있던 하급 마수들을, 싹 쓸어 담듯이 쉬지 않고 사냥했다.

우우웅─!

마계 외곽의 어느 빈 공터.

마계 특유의 검붉은 기류가 찢어지며, 붉게 타오르는 포털이 천천히 열리기 시작했다.

후웅─.

포털이 열림과 동시에 회오리바람이 격렬히 휘몰아쳤다.

그리고 열린 포털의 안쪽에서 한 여인이 천천히 걸어 나왔다.

"으음, 여기가 마계라는 곳인가?"

대규모 업데이트가 끝나고 정확히 일주일이 지난 시점에 마계에 두 번째 유저가 진입했다.

"뭔가 분위기가 내 스타일인데?"

주변을 천천히 돌아본 여인은, 만족스러운 표정으로 씨익 웃었다.

길게 늘어져 치렁치렁하는 붉은 머릿결과, 온통 붉은색으로 도배되다시피 한 로브와 망토.

그녀는 바로, 홍염의 마도사로 유명했던 레미르였다.

이제는 홍염의 마도사가 아니라 홍염의 군주가 된, 카일란 한국 서버 최고의 화염계·마법사.

"일단 정보부터 수집해야겠지?"

레미르가 완드를 들고 있던 오른손을 허공에 휘젓자, 낮은 공명음과 함께 그녀의 몸이 두둥실 떠올랐다.

후우웅―.

"먼저 들어왔다던 이안이라는 녀석은 어디에 있을까?"

그녀는 서버가 열린 첫날, 콘텐츠가 오픈된 지 3분 만에 떠오른 시스템 메시지를 잊을 수 없었다.

'대체 무슨 수로 그렇게 빨리 마계에 들어올 수 있었는지는 모르겠지만……'

허공에 뜬 채로, 레미르의 몸이 빠르게 앞으로 나아갔다.

"이 레미르가, 누군가에게 뒤처지는 일은 있을 수 없지."

한편, 일주일간의 사냥 일정을 모두 마친 이안은, 뿌듯한 표정으로 정보 창을 확인하고 있었다.

"결국 180레벨은 찍지 못했지만 그래도 이 정도면 괜찮은 성과야."

정보 창에 찍혀 있는 이안의 레벨은 179. 일주일 만에 무려 4레벨을 올린 것이었다.

랭킹권의 다른 유저들이 듣는다면 기겁을 할 정도의 레벨업 속도였다.

이안은 생각난 김에 전체 랭킹도 열어서 확인했다.

"흐음…… 이제 공식 랭킹 1위의 레벨은 다 따라잡았네. 1레벨만 더 올리면 되겠어."

현재 공식적으로 랭킹 1위에 올라와 있는 유저의 레벨은 180.

다크루나 길드의 유명한 전사 유저였는데, 1위의 아이디를 확인한 이안이 조금 의아한 표정이 되었다.

"어? 그런데 공식 랭킹 1위 자리에는 항상 레미르가 찍혀 있었는데…… 레미르는 어디 간 거지?"

혹시나 해서 랭킹 목록을 몇 페이지 넘겨 봐도 레미르의 아이디는 보이지 않았던 것이다.

그렇다면 답은, 정보 설정을 비공개로 바꿨다는 것이었다.

'갑자기 왜 설정을 비공개로 했을까?'

이안은 어깨를 으쓱하며 열어 뒀던 랭킹 목록을 껐다.

"레미르는 아마 180레벨보다 한두 개는 더 높겠지?"

이제는 정말로 최상위 랭커들의 수준까지 레벨을 따라오는 데 성공한 이안이었지만, 그들을 추월하는 것은 역시나 쉽지 않았다.

한국 서버만 수십, 수백만이 넘는 유저가 즐기는 카일란에서도 가장 높은 위치를 지키고 있는 유저들이 녹록하지 않은 것은 당연한 것이었다.

다만, 레벨이 상위 레벨로 올라갈수록 경험치량이 기하급수적으로 증가했고, 때문에 지금까지 빠르게 레벨 격차를 좁히는 것이 가능했던 것.

이제는 공식 랭킹 1위보다는 레벨이 높을 것이라 생각했었기에, 이안은 조금 아쉬운 표정이 되었다.

"내가 너무 쉽게 생각했었나? 더 열심히 해야겠어."

마지막으로 새로 얻은 능력치들을 한 번 더 확인한 이안이, 모든 정보 창을 닫았다.

"항마력은 이제 7.08퍼센트, 마기는 1,549, 마기 발동률은 5.22퍼센트……."

이안도 처음에는 몰랐지만, 항마력뿐만 아니라 마계와 관련된 능력치들은 마수를 사냥할 때마다 조금씩 증가하고 있었다.

"항마력이 확실히 올리기 힘든 스텟이긴 하네. 일주일간 그렇게 사냥했는데 0.08퍼센트 밖에 안 오르다니."

어쨌든 노가다를 하면 할수록 누적되는 능력치들이다 보니, 이안은 경험치를 쌓는 것만큼이나 뿌듯한 기분이 들었다.

"카이자르, 이제 슬슬 마계 깊숙한 곳으로 들어가 볼까?"

이안의 말에 카이자르가 반색하며 고개를 끄덕였다.

"좋다, 영주 놈아. 라쿰 얼굴만 봐도 진절머리가 나던 참이었다."

이안은 지금 진행 중인 두 개의 퀘스트를 떠올렸다.

'하나는 얀쿤이 줬던 퀘스트였고, 하나는 이리엘이 줬던 퀘스트…….'

얀쿤의 퀘스트는 외곽 지역에서 오염된 마수들을 상대해야 하는 것이었고, 이리엘의 퀘스트는 중심 지역까지 들어가 분노의 도시로 가야 하는 퀘스트였다.

동선상으로나 난이도상으로나, 얀쿤의 퀘스트가 선행되어야 하는 것이 당연했다.

"자, 120구역으로 가 볼까?"

"좋다, 영주 놈아."

이안은 천천히 걸음을 옮겼다.

하지만 자신감 넘치는 걸음걸이와 달리, 이안에게는 하나 걱정되는 것이 있었다.

'얀쿤 만나기가 조금 무서운데…….'

무려 350레벨의 상급 마족이자, 마계 수문장인 얀쿤이다.

항마력 99퍼센트를 가지고 있을 때야 무서울 게 없었지만,

지금은 전력을 다해도 승부를 점칠 수 없는 상대다.

'민첩성이 낮고 공격력이 강한 전투 스타일 덕에 공격 패턴만 제대로 기억하면 이길 수 있을 것 같긴 하지만……'

아마 단 한 방의 공격만 제대로 허용해도, 그대로 시야가 어두워지는 것을 경험해야 할 게 분명했다.

'퀘스트가 유지된다고 했으니, 친밀도도 전부 유지되는 거겠지, 뭐.'

이안은 충분히 마음의 준비를 한 뒤에 이동하기 시작했다.

목적지는 중급 마수들 때문에 지금껏 들어가지 않고 있었던, 110대 번호를 가진 마계 외곽 지역이었다.

부스럭- 부스럭-.

이안이 사라진 마계 121구역.

바싹 마른 누런 빛깔의 풀숲 안쪽에서, 연신 부스럭거리는 소리가 울려 퍼졌다.

그리고 잠시 후, 수풀 사이를 뚫고 한 생명체가 나타났다.

-뿍, 마계 공기는 왜 이렇게 탁하냐뿍?

짙은 남색을 띤 둥그런 등껍질과, 어떻게 균형을 유지하고 있는 건지 의심스러울 정도로 커다란 머리, 앞뒤로 움직일 때마다 살이 접힐 것만 같은 토실토실한 네 다리.

놀랍게도 그 생명체는 다름 아닌 뿍뿍이였다.

－주인놈은 다른 맵으로 간 게 틀림없겠뿍!

게다가 뿍뿍이는 뿍뿍거리는 소리가 아닌, 말을 하고 있었다.

－저쪽에서 먹음직스런 기운이 느껴진다뿍.

뿍뿍이는 풀숲 사이를 아장아장 헤집고 다니더니, 갑자기 땅을 파기 시작했다.

푹－ 푹－ 푹－!

그는 짧은 다리로 믿기지 않을 만큼 노련하게 땅을 파냈다.

거의 자신의 몸이 전부 빠져 들어갈 정도로 깊게 땅을 판 뿍뿍이는, 안쪽에서 검붉은 색의 풀뿌리를 꺼내어 우걱우걱 씹어 먹기 시작했다.

－뿍－ 뿍－ 뿌뿍－!

－'30년 묵은 마령초'를 섭취했습니다.

－모든 능력치가 20만큼 증가합니다.

－정령력이 150포인트 만큼 증가합니다.

메시지가 떠오른 동시에 뿍뿍이의 몸 안으로 붉은 기운이 빨려 들어갔다.

－뿍! 힘이 난다뿍!

마령초를 뿌리털 하나 남기지 않고 깨끗하게 먹어치운 뿍뿍이는, 다시 걸음을 옮기기 시작했다.

필드 곳곳에 무시무시한 외모를 가진 마수들이 어슬렁거

렸지만, 뿍뿍이는 개의치 않았다.

　-강한 거북 뿍뿍이는, 마수 따위 무서워하지 않는다뿍!

　반대로 마수들 또한, 왜인지 뿍뿍이를 거들떠보지도 않았다.

　-크릉- 크르릉- 못생긴 거북이다.

　-크르릉! 머리가 저렇게 큰 거북이는 처음 보는군!

　어쨌든 덕분에 뿍뿍이는, 필드 곳곳을 돌아다니며 마음껏 약초들을 섭취할 수 있었다.

　-주인 놈이 계속 나를 소환하지 않았으면 좋겠뿍!

　뿍뿍이는 행복한 표정으로 자유를 만끽했다. 하지만 그에게도 그리운 사람이 한 명 있었다.

　-하린이 보고 싶뿍! 마계의 먹이들도 마약 미트볼보다 맛있는 게 없뿍!

　하지만 하린을 찾아간다면 이안에게 이를 것이 분명했기에, 똑똑한 뿍뿍이는 하린을 만나러 갈 수 없었다.

　-내가 꼭 미트볼보다 맛있는 걸 찾아내겠뿍!

　뿍뿍이는 등껍질을 씰룩거리며, 또 다시 어딘가를 향해 기어가기 시작했다.

　얀쿤과의 친분이 패치 후에도 이어질까 조금은 의심스러웠던 이안이었지만 그의 우려와는 다르게, 이안은 얀쿤과 다시 마주칠 일이 없었다.

120구역으로 넘어가는 길목은 아무도 지키고 있지 않았던 것이다.

'뭐지? 얀쿤이 여기에 있어야 하는 것 아닌가?'

이안은 퀘스트 목록을 펼쳐 얀쿤의 위치를 확인했다.

–퀘스트 최종 수령 NPC : 얀쿤 (위치 : 분노의 도시/마계 100구역)

이안은 고개를 살짝 갸웃했지만, 달라질 건 없었다.

어차피 분노의 도시는 가야만 하는 곳이었으니까.

"자, 그럼 오염된 마물인지 뭐시긴지를 잡으러 한번 가 볼까?"

퀘스트의 내용은, 단순히 오염된 마물을 사냥하는 데서 끝나는 것이 아니었다.

오염된 마물이 생겨나는 이유를 찾고, 그것을 해결해야 하는 것이 이안의 임무였다.

'뭐, 잡다 보면 어디선가 길이 보이지 않겠어?'

얼핏 막막할 수도 있는 퀘스트 내용이었지만, 이안은 딱히 걱정하지 않았다.

이런 류의 퀘스트를 한두 번 해 보는 것이 아니었기 때문이다.

"115구역, 107구역에 가장 많이 서식한다 했었지?"

정확히는 감이 잡히지 않았지만, 어떤 오염의 근원지 같은 것을 찾아 파괴하는 퀘스트이리라.

120구역에 들어선 이안은 이전까지와는 다르게 무척 조심스럽게 움직이기 시작했다.

120구역 중반부부터는 이안도 처음 밟아 보는 맵이었기 때문이다.

"빡빡아, 라이 보호하면서 최대한 피해를 대신 받아 줘. 세리아가 치료해 줄 거야."

―알겠다. 주인.

120구역부터는 중급 마수들이 제법 등장하기 시작했기 때문에, 전투 난이도도 무척이나 올라갔다.

중급 마수들 중 레벨이 높은 개체는 290대의 괴물도 존재했기 때문에 카이자르조차도 함부로 상대할 수 있는 수준이 아니었다.

특히, 양팔이 거대한 낫과 같은 형태를 띤 도마뱀 형상을 한 괴물 '트라쿠스'는 무척이나 위협적이었다.

깡― 까강―!

트라쿠스의 공격을 창대로 빗겨 막은 이안은 한 발짝 물러서며 그의 후속 공격을 피해 내었다.

휘익―!

트라쿠스의 공격이 소름 돋을 정도로 빠르게 이안의 옆구리를 스치자, 순간 이안의 무기에 붙어 있던 초월 옵션이 발동되었다.

―'정령왕의 심판' 아이템의 초월 옵션이 발동합니다.

-'전격' 속성의 원소 공격이 발동되어, 중급 마수 '트라쿠스'에게 8,798 만큼의 피해를 입혔습니다.

트라쿠스에게 한 방을 허용하면, 거의 4~5만 가까운 피해를 입는다.

하지만 이안은 거의 모든 공격을 피해 내고 있었고, 초월 옵션의 생명력 회복은 필요할 때마다 한 번씩 발동되어 주었다.

-'정령왕의 심판' 아이템의 초월 옵션이 발동합니다.

-강력한 생명의 기운이 느껴집니다.

-생명력이 14,908(10퍼센트)만큼 회복됩니다.

'전격 공격 발동이랑 생명력 회복이 따로 발동하는 시스템이라 더 좋단 말이지.'

차오른 생명력을 기분 좋게 확인한 이안이, 중심이 흐트러진 트라쿠스의 허리를 향해 창극을 찔러 넣었다.

푸욱-.

그리고 트라쿠스의 입에서 괴성이 흘러나왔다.

-끄에에엑-!

-중급 마수 '트라쿠스'에게 치명적인 피해를 입혔습니다.

-'트라쿠스'의 생명력이 23,890만큼 감소합니다.

이어 라이와 핀의 합공이 펼쳐졌다.

촤라락-!

둘은 트라쿠스의 빈틈을 정확히 노리며 맹공을 퍼부었다.

콰콰쾅!

-'트라쿠스'의 생명력이 12,890만큼 감소합니다.

-'트라쿠스'의 생명력이 9,890만큼 감소합니다.

-'트라쿠스'의 생명력이 14,890만큼 감소합니다.

특히 라이의 연속 공격에 고스란히 약점을 전부 내어 준 트라쿠스는, 그대로 힘없이 고꾸라져 버렸다.

-크아아오!

-중급 마수 '트라쿠스'의 생명력이 모두 소진되었습니다.

-'트라쿠스'를 성공적으로 처치했습니다.

-경험치를 3,879,809만큼 획득했습니다.

120구역부터 서식하고 있는 마수들은, 보통 2~3개체의 중급 마수와 10개체 정도 되는 하급 마수들이 무리를 짓고 있다.

그렇기에 트라쿠스 한 마리를 성공적으로 처치했음에도, 아직 두 마리의 트라쿠스들과 다수의 하급 마수들이 남아 있었다.

이안은 트라쿠스 하나를 맡아 상대하고 있던 빡빡이의 생명력을 확인했다.

'이제 3분의 1 정도 생명력이 남은 것 같고. 아마 이제 20초 내로 세리아의 회복 스킬도 재사용 대기 시간이 돌아오겠지?'

이안은 재빨리 가신 정보를 열어 세리아 고유 능력의 재사용 대기 시간을 확인했다.

'13······ 12······ 11······.'

그리고 빡빡이에게 공격이 들어오는 기가 막힌 타이밍에 그의 고유 능력들을 발동시켰다.

"빡빡아, 카이자르에게 귀룡의 가호 걸어 주고, 절대 방어 발동시켜!"

절대 방어는 무려 10초 동안 모든 피해를 무위로 돌릴 수 있는 최고의 방어 기술이었다.

하지만 그동안 빡빡이는 아무런 행동도 할 수 없었고, 그렇기에 절대 방어의 효율을 극대화시키기 위해 미리 '귀룡의 가호' 능력을 먼저 발동시킨 것이었다.

'귀룡의 가호'가 씌워진 상태라면, 카이자르가 받는 모든 피해량은 빡빡이가 대신 받게 될 것이며, 절대 방어 상태인 빡빡이는 그 모든 피해를 흡수해 낼 것이기 때문이었다.

물론 이안과의 전투에 도가 튼 카이자르는, 귀룡의 가호가 씌워지자마자 미쳐 날뛰기 시작했다.

"다 죽어 봐라 이놈들!"

그렇지 않아도 무척이나 공격적인 전투 성향을 가진 카이자르에게 무적이나 다름없는 실드를 씌워 주었으니, 그의 움직임은 더욱더 과감하고 과격해졌다.

쾅- 콰콰쾅-!

카이자르의 움직임과 다른 가신들의 전투 상황을 빠르게 둘러 본 이안이 세리아를 불렀다.

"세리아, 알지? 빡빡이 절대 방어 풀리기 전에 회복 걸어 줘야 해."

"옛, 영주님!"

그리고 빡빡이의 주변에 씌워진 보호막이 희미해지는 순간, 세리아의 고유 능력이 곧바로 발동되었다.

"소환수 치유술!"

−가신 '세리아'가 '소환수 치유술'을 사용하여 소환수 '빡빡이'의 생명력을 79.5퍼센트 회복합니다.

−빡빡이의 생명력이 228,595만큼 회복됩니다.

거의 바닥까지 떨어져 가던 빡빡이의 생명력이, 단숨에 쭈욱 차올랐다.

처음 세리아를 고용했을 때 소환수 치유술은 60퍼센트의 생명력을 회복시켜 주는 능력이었지만, 그동안 숙련도가 많이 올라 79.5퍼센트까지 수치가 증가한 것이다.

"카이자르, 폴린, 나랑 같이 왼쪽 놈을 맡자. 라이랑 핀, 너희는 빡빡이 도와서 계속 그놈 묶어 놓고 있어!"

−알겠다. 주인. 맡겨 줘라.

꾸룩− 꾸꾹−!

이안은 일사불란하게 전장의 마수들을 상대해 갔다.

그 전투 장면이 너무나 체계적이고 톱니 맞물리듯 딱딱 떨어졌기 때문에, 모르는 사람이 본다면 무척이나 손쉬운 전투처럼 보일 정도였다.

하지만 실상은 전혀 그렇지 않았다.

'후우, 절대 방어 재사용 대기 시간이 조금만 늦게 돌아왔어도 무너질 뻔했어.'

현재 이안의 파티는 무척이나 공격적이었다.

이안의 빡빡이와 세리아가 컨트롤하는 떡대를 제외하면 나머지 인원이 모두 딜을 넣는 공격 포지션인 것이었다.

게다가 힐러는 이안의 가신 두셋 정도가 전부였다.

카일란에서 일반적인 파티는 탱커와 딜러, 힐러의 비율이 4:4:2나 3:4:3 정도였다.

하지만 지금 이안의 파티는 2:7:1 수준이었다.

겉으로 보기에 기계처럼 맞물려 돌아가는 파티였지만, 주력 탱커인 빡빡이가 무너지는 순간, 파티 자체가 아작 날 수 있는 것이다.

'흐음, 너무 빡빡이와 세리아에 의존하고 있는 것 같기도 하고……'

전투를 깔끔하게 마무리 지은 이안은, 턱을 만지작거리며 방금 전의 전투를 분석하기 시작했다.

'조금만 적들이 더 강해지면 제대로 된 힐러들을 좀 보강해야겠어.'

지금 힐러가 부족함에도 파티가 유지되는 가장 큰 이유는 바로 세리아였다.

파티의 주력 탱커가 소환수이고, 세리아는 소환수 한정 사기적인 힐링 능력을 갖고 있기 때문.

'조금 사냥 속도가 느려지더라도 폴린을 방어형 포지션으로 바꿔 주고, 괜찮은 사제를 한둘 정도 영입하면…… 조금 더 난이도 있는 전투도 가능하겠어.'

이안은 하드한 사냥을 즐기긴 했지만, 그렇다고 무리한 사냥을 좋아하지는 않았다.

예측 범위 밖에서 벌어지는 전투라면 모르지만, 이렇게 예측 가능한 적들의 전투력 상승을 앞에 두고 무모하게 퀘스트를 진행하는 방식은 지양하는 편이었다.

'한 118구역까지만 이 파티로 버텨 보고, 중부대륙 내려가서 제대로 된 힐러 둘만 고용해서 올라와야지.'

이안이 이런저런 생각을 하는 사이, 세리아가 아이템들을 싹 수거해서 이안의 앞으로 다가왔다.

"영주님, 아이템 다 주워 왔어요! 영웅 등급 장비가 무려 두 개나 떨어져 있었다고요!"

신이 나서 얘기하는 세리아에게 살짝 웃어 준 이안은, 장비들의 옵션을 빠르게 확인했다.

"좋아, 제법 괜찮은 것들이 나왔네."

그중 하나인 소환술사용 머리 장식을 세리아에게 건네준 이안은 다시 사냥을 위해 움직이기 시작했다.

"조금만 더 힘내자고, 맵 하나만 더 진행하면 잠시 쉬었다 사냥할 테니까."

이안의 말에 빡빡이와 카르세우스의 눈에 생기가 돌았고, 폴린도 이마에 흐르는 땀을 훔치며 옅은 미소를 지었다.

이안에게서 아이템을 선물받은 세리아의 표정이 가장 밝은 것은 물론이었다.

이제 3차 대규모 업데이트가 오픈된 지 열흘째.

이안과 레미르를 제외하고도 제법 많은 랭커 유저들이 마계의 땅을 밟았다.

하지만 이안과는 다르게, 마계를 처음 경험하는 랭커들은 쉽게 120~130구역 사이의 구간을 통과해 내지 못했다.

"제길, 레벨은 중부대륙 상위 던전 몬스터들이랑 비슷한 것 같은데 왜 이렇게 상대하기 까다로운 거지?"

"몰라, 레벨이랑은 별개로 능력치가 더 쎈 것 같기도 하고……."

"아냐, 그건 아닌 것 같아. 한 방 한 방 들어오는 대미지가 비슷한 걸 보면."

"그런가? 그럼 적응되면 괜찮아지려나?"

그리고 많은 유저들이 마계의 땅을 밟기 시작하니, 커뮤니티에도 슬슬 마계에 대한 정보가 풀리기 시작했다.

상위 랭커들 중에는 커뮤니티에 신규 콘텐츠의 정보를 정리해서 올리며 많은 유저들의 인기를 얻은 네임드가 몇몇 있었는데, 그들이 공략을 올리기 시작한 것이었다.

또 자랑하기 좋아하는 유저들은 하급 마수들을 사냥해서 얻은 영웅 등급 아이템을 스크린샷 게시판에 올려 우쭐거리기도 했다.

-우와, 지웅이 님. 이거 한손 검 마계 몬스터 잡아서 나온 아이템인가요?

-예, 맞습니다. 후후. 라쿰이라는 마수를 잡고 얻은 물건인데, 공격력이 장난 아닙니다. 아마 부르는 게 값일 듯하네요.

-와…… 난 언제 저런 아이템 먹어 보나…….

-에이, 어디서 순진한 초보 유저 속여먹나요. 이 검, 레벨 제한이 170이나 되는데 이 정도 공격력이면 그리 비싼 값 못 받아요. 딱 봐도 그냥 국민템 수준이구만.

-ㅠㅠ 아니 그래도 국민템은 너무하잖아요. 이 정도면 상급 한손 검인데.

-님아, 상급도 안 되는 한손 검이었으면 제가 국민템이라고 하지도 않았겠죠. 그냥 대장간 가서 녹이라고 했겠지.

이처럼 여러 가지 마계와 관련된 이슈들이 커뮤니티에 활기를 불어넣고 있는 가운데, 가장 큰 이슈가 되고 있는 것은 '마정석'의 존재였다.

마정석은 게임 기자단에 의해 취재되어 커뮤니티 메인을 크게 장식할 정도로 엄청난 신규 콘텐츠였다.

-드디어 '카일란'에도 강화 시스템이 생기다!
-마계에서만 얻을 수 있는 장비 강화 재료, '마정석'을 파헤쳐 보자.

스크린샷 게시판에는, 이미 마정석으로 아이템 강화를 어느 정도 성공한 유저들의 자랑 글도 올라오기 시작했다.

-'염장주의' 전설 등급 양손 대검 +3강 성공 스샷.
-헐, 최하급 마정석 강화 성공률 엄청 낮던데 벌써 3강에 성공한 사람이 나왔다니…… ㅎㄷㄷ
- 65레벨 궁사 유저입니다. 전 어제부터 계속해서 라쿰만 잡으면서 마정석 노가다 중인데, 이제까지 열한 개 먹었거든요. 그거 다 발라서 겨우 1강 성공했는데 3강을 이렇게 빨리 무슨 수로 하신 거죠?
-후후, 놀라지 마십쇼. 저도 마정석 일곱 개 쓸 때 까지 모조리 강화 실패만 떴었는데, 8차 시도에 한번 성공하더니 열네 개, 열다섯 개째에 연달아 성공 떴습니다.
-와, 추정 강화 성공률 10퍼센트도 채 안되는 것 같던데, 님 운 장난 아니네요.
-그런 듯. 게다가 강화 숫자 올라갈수록 성공률 더 떨어지는 것 같다던데…….

아마 모든 부위의 장비를 모조리 5강까지 강화해 놓은 이안의 장비 창 화면이 커뮤니티에 공개된다면 난리가 나겠지만, 다행히도 이안은 그런 것에 관심이 없었다.

이안은 단지 118구역 안쪽을 뚫기 위해 영웅급 이상의 사제 클래스 가신을 구하고 싶을 뿐이었다.

"아 씨, 왜 오늘따라 인재 양성소에 궁사랑 전사밖에 안 보이는 거야?"

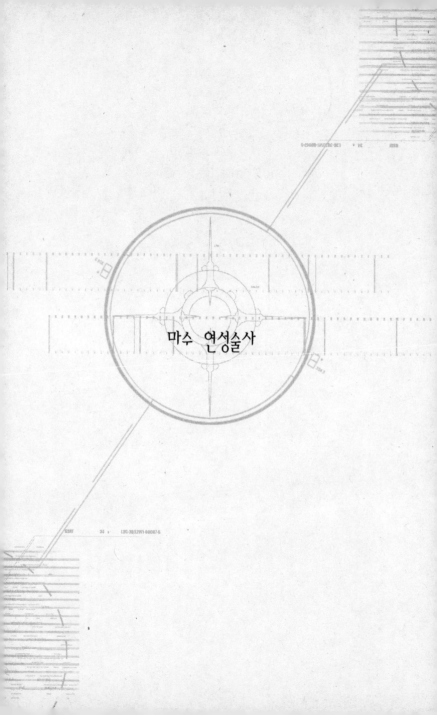

마수 연성술사

Taming
Master

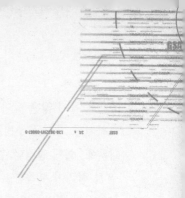

"으…… 이 정도에서 만족하고 일단 퀘스트를 진행해야지, 별수 없겠네."

이안은 두 명의 사제를 더 등용하여, 최대 보유 가능한 가신 숫자를 하나만 남겨 놓고 가득 채운 뒤 인재 양성소를 빠져나왔다.

현재 이안이 등용 가능한 가신의 최대치는 마흔 명.

이안의 귀족 작위가 '후작'이었기에, 그에 맞는 슬롯이 주어진 것이다.

'어후, 자르고 싶은 놈들이 몇 보이는데…….'

이안은 가신 목록을 쭉 확인하며 찜찜한 표정을 지었다.

귀족이 된 초기에 급한 대로 등용한 몇몇 가신의 능력치가 마음에 들지 않은 탓이었다.

하지만 가신을 추방할 시 제법 치명적인 불이익이 있었기 때문에, 쉽게 결정할 수 있는 사안은 아니었다.

'정 전력이 부족하면 공작 작위로 승급시켜 버리지, 뭐.'

공작이 되면 10인의 가신을 추가로 등용할 수 있다.

후작이 공작으로 작위 승급을 하기 위해 필요한 명성치는 300만이었는데, 이안이 보유한 명성이라면 작위를 승급시키고도 한참이나 명성을 남길 수 있었다.

이안이 현재 보유한 명성치는 거의 천만에 육박했다.

'일단은 이 전력으로 어떻게든 얀쿤이 준 퀘스트까지는 뚫어 본다.'

넉넉히 명성치를 가지고 있음에도, 이안이 작위를 승급시키지 않는 이유는 간단했다.

명성을 많이 보유하고 있을수록 게임 플레이에 혜택이 많았기 때문이었다.

카일란에서 '명성' 능력치의 역할은 무궁무진했다.

그 내용을 간단히 정리해 보자면 다음과 같다.

1.명성이 높을수록, NPC들의 기본 친밀도가 올라간다. 친밀도가 높으면 퀘스트가 발생할 확률이 올라감은 물론, 상점에서 구입 가능한 아이템들의 가격이 내려간다.

2.인재 양성소에서 만날 수 있는 NPC들의 기본 등급이 올라간다. 그 예로, 명성이 100만이 되지 않던 시절, 처음 인재

양성소를 갔던 이안은 대부분 일반 등급이나 희귀 등급의 인재밖에 만날 수 없었지만 명성이 1천만에 육박하는 지금은 기본 유일 등급 이상의 인재들을 만날 수 있었다.

물론 인재 양성소에 등장하는 인재의 등급은 사용자의 명성 외에도 양성소의 시설 레벨에도 영향을 받지만, 그렇다고 해도 명성의 영향력이 절대적인 것이 사실이었다.

3. 아직 이안조차도 발견한 적은 없지만, 높은 명성을 보유하고 있어야만 입장이 가능한 특정 지역이 존재했다.

그 지역은 사냥터가 될 수도 있고, 퀘스트를 진행하기 위해 거쳐 가야 하는 공간이 될 수도 있으며, 숨겨진 아티팩트를 얻을 수 있는 보물창고 같은 곳일 수도 있다.

4. 유저는 처음 귀족 작위를 부여받은 다음부터는, 명성치를 소모해서 자체적으로 작위의 등급을 올릴 수 있다.

귀족 작위는 보유한 영지의 등급을 올리기 위해서도 필수적으로 필요한 조건이며, 가신들과 영지민들의 충성심을 유지하는 데에도 높은 명성이 필요하다.

이안의 경우 현재 '후작'의 작위를 유지하고 있는데, 그 윗단계의 등급인 공작, 대공까지는 명성치만으로 승급이 가능한 작위였고, 그보다 상위 단계인 국왕이나 황제의 경우에는 다른 조건도 충족시켜야 한다.

5. 그 밖에도 명성이 높아야 포획 가능한 소환수, 일정 명성 이상을 소모해야 등용할 수 있는 가신 등 다양한 콘텐츠

가 있고, 업데이트 예정인 콘텐츠도 많았다. 명성으로 아이템이 구입이 가능한 명성 상점 같은 콘텐츠도 LB사에서 업데이트할 것이라 공언한 바가 있었던 것이다.

그렇기에 명성은, 카일란에서 그 어떤 능력치 못지않게 중요한 능력치였다.

그리고 이안은 쌓일수록 명성치의 위력을 확연히 체감하고 있었기에 300만이라는 어마어마한 명성치를 소모해야 하는 작위 승급이 아직 썩 내키지 않았던 것이었다.

빠르게 이동해 마계로 다시 진입한 이안은 곧바로 115구역을 향해 움직였다.

아직까지 마계 진입에 성공한 유저가 천 명도 채 되지 않는 소수였기 때문에, 넓은 마계의 필드에서 유저들은 거의 만날 수 없었다.

몇 시간에 걸쳐 필드를 이동해 드디어 115구역에 도달한 이안은, 천천히 주변을 둘러보았다.

"얀쿤의 말대로라면, 이곳부터는 오염된 마수들이 많이 등장할 거다."

이안의 말에 옆에 있던 카이자르가 고개를 끄덕였다.

"그렇겠지. 제법 스릴 넘치는 싸움이 되겠어."

카이자르는 대검을 만지작거리며 씨익 웃었고, 폴린이 이안에게 다가와 물었다.

"영주님, 새로 등용하신 사제들은 어떻게 포지션을 잡을

까요?"

이안은 지체 없이 대답했다.

"이제부터 폴린, 네가 서브 탱커 역할을 해 줘야 해. 새로 영입한 사제들은 네 생명력 회복을 전담하게 할 거다. 모든 신성 마법을 너에게 집중시킬 거야."

폴린이 고개를 끄덕였다.

"알겠습니다, 영주님. 그럼 제가 좀 더 전방에서 움직여야겠군요."

"그래. 사제들의 신성 마법 발동 가능 범위 밖으로 나가지만 않는 선에서 움직여 주도록 해."

"예, 영주님."

대형을 조금 수비적으로 바꾼 이안 일행은, 이제까지와는 달리 조심스럽게 115구역을 탐사하기 시작했다.

그리고 얼마 지나지 않아 오염된 마수들을 만날 수 있었다.

'확실히 이전까지보다 마수들 레벨대나 숫자가 압도적으로 많군.'

오염된 마수들은 거의 이삼십 마리쯤은 되어 보였다.

레벨도 가장 높은 개체는 290이 넘었기 때문에, 이안은 신중히 그들을 향해 접근하기 시작했다.

"침착하게, 내가 말했던 대로만 움직이면 된다. 조금이라도 흐트러지면 전멸당하는 게 우리 쪽이 될 수도 있으니, 긴장 바짝 하도록."

"예, 영주님."

"알겠습니다!"

—알겠다, 주인.

지금껏 시선을 끌지 않기 위해 인간형으로 폴리모프한 상태로 전투했던 카르세우스 또한, 거대한 드래곤의 몸으로 되돌아왔다.

—주인, 오랜만에 본체로 돌아왔더니 입이 근질거린다. 브레스부터 한 방 갈기고 시작해도 될까?

카르세우스의 물음에, 이안이 흔쾌히 고개를 끄덕였다.

"오케이, 시원하게 한 발 뿜고 시작하자고!"

—오염된 중급 마수 '트라쿠스'의 생명력이 모두 소진되었습니다.

—'트라쿠스'를 성공적으로 처치했습니다.

—경험치를 3,879,809만큼 획득했습니다.

—'오염된 중급 마정석'을 획득했습니다.

—'오염된 트라쿠스의 이빨'을 획득했습니다.

시스템 메시지를 확인한 이안의 표정이 확 구겨졌다.

'아니, 오염된 중급 마정석은 또 뭐야? 중급 마정석 이제 세 번째 구경해 보는 건데 하필 오염된 마정석이 나오다니.'

오염된 마정석은 어떻게 정화시킬 수 있는지 몰라도, 정화되기 전에는 그저 쓸모없는 돌덩어리일 뿐이었다.

이안은 투덜거리며 115구역을 휘젓고 다녔다.

'후우, 그건 그렇고 퀘스트 단서는 대체 어디서 찾아야 되

는 거야?'

오염된 마물이 생겨나는 근원.

그것을 찾아서 파괴하면 될 것이라 단순하게 생각했던 이안은, 반나절이 넘도록 퀘스트에 진전이 없자 슬슬 짜증이 나기 시작했다.

"빡빡아."

-왜 부르냐, 주인?

"마수들은 왜 오염이 된 걸까?"

밑도 끝도 없는 이안의 질문에 빡빡이는 심드렁한 표정으로 대꾸했다.

-경험치 욕심에 가득한 주인보다는 덜 오염된 것 같다.

"……내가 말을 말아야지."

그런데 그때, 정찰을 위해 허공으로 날아올랐던 핀이 이안에게로 날아와 전방을 향해 날갯짓을 했다.

꾸룩- 꾸루루룩-!

그리고 그것을 듣자마자, 이안은 핀이 무언가 발견했음을 직감했다.

'드디어……!'

이안 일행은 핀의 안내를 따라 빠르게 움직였고, 잠시 후, 새빨갛게 빛나는 거대한 수정을 하나 발견할 수 있었다.

이안은 의아한 표정으로 수정의 앞으로 다가가 이리저리 살피기 시작했다.

"이게 대체 뭐지?"

겉모습만 봐서는 도저히 뭐하는 구조물인지 알 길이 없었다.

그때 옆에 있던 카이자르가 불쑥 앞으로 튀어나왔다.

"영주 놈아, 이 기분 나쁜 색깔…… 딱 보면 모르겠냐. 이게 오염의 근원인 것 같다."

그러고는 지체 없이 수정을 향해 대검을 휘둘렀다.

뭔가 석연치 않은 느낌을 받은 이안이 그를 멈춰 세우려 했으나, 이미 카이자르의 대검은 수정의 옆을 향해 사정없이 날아든 뒤였다.

"잠깐!"

쾅─!

카이자르는 멀뚱멀뚱한 표정으로 이안을 돌아봤다.

"왜 그러냐, 이안? 이거 부수면 안 돼?"

한편 이안은 난데없이 떠오른 시스템 메시지를 읽고 있었다.

─가신 '카이자르'가 마계의 봉인 수정을 공격했습니다.

─봉인 수정의 내구도가 68,749(2퍼센트)만큼 감소했습니다.

─봉인 수정의 총 내구도가 3,368,701(98퍼센트)만큼 남았습니다.

─봉인 수정 내부에 봉인되어 있던 NPC, '세르비안'의 생명력이 27,948만큼 감소했습니다.

─'세르비안'의 생명력이 14,382만큼 남았습니다.

이안은 카이자르의 어깨를 황급히 붙잡으며, 다급한 목소리로 말했다.

"기다려 봐, 이 안에 뭔가 들어 있는 것 같아. 그렇게 막 때려 부수면 안 될 것 같아."

세르비안이라는 이름을 어디선가 들어 본 것 같다는 생각이 문득 들었다.

'세르비안······ 분명 낯이 익은 이름인데. 들어 본 지 얼마 되지 않은 이름이 분명한데 왜 생각이 안 나지?'

그리고 이안은, 곧 머릿속에서 떠올릴 수 있었다.

"아, 맞다! 이리엘이 언급했던 이름이었어!"

이안은 곧바로 인벤토리를 열어 이리엘로부터 얻은 마수 정보 도감을 펼쳐 보았다.

그리고 그 안에서 '세르비안'이라는 이름을 발견할 수 있었다.

세르비안은, 이리엘이 언급했던 반마의 소환술사였던 것이다.

이안은 카이자르를 향해 다시 시선을 돌렸다.

"카이자르, 아무래도 안쪽에 사람이 들어 있는 것 같아."

"사람?"

"그래. 분명히 안쪽에 사람이 갇혀 있다."

이번에는 빡빡이가 물었다.

―그걸 어떻게 아는가, 주인?

이안이 퉁명스레 대답했다.

"난 원래 모르는 게 없다, 이 거북 놈아."

─우우…… 거짓말 치지 마라, 주인.

이안이 예리한 눈빛으로 빡빡이를 아래위로 훑었다.

"난 네가, 지금 등껍질 속에 들어가서 1시간만 자고 싶다고 생각한 것도 다 알고 있지."

─헉……!

당황한 표정이 된 빡빡이를 무시한 채, 이안은 열심히 수정의 외곽부터 깎아 내기 시작했다.

─마계의 봉인 수정을 공격했습니다.

─봉인 수정의 내구도가 7,984(0.23퍼센트)만큼 감소했습니다.

─봉인 수정의 총 내구도가 3,360,717(97.77퍼센트)만큼 남았습니다.

─봉인 수정 내부에 봉인되어 있던 NPC, '세르비안'의 생명력이 155만큼 감소했습니다.

─'세르비안'의 생명력이 14,227만큼 남았습니다.

이안이 질린 표정이 되어 속으로 중얼거렸다.

'으, 이건 무슨 내구도가 무식하게 300만이 넘는 거야? 이래서 어느 세월에 다 깎아 내지?'

그리고 안쪽에 갇혀 있는 게 분명한 세르비안의 생명력이 조금씩 닳는 것도 은근히 신경 쓰였다.

"영주 놈아, 이 안에 있는 사람을 구하면 오염의 근원을 찾을 수 있는 거냐?"

카이자르의 물음에 이안은 고개를 저었다.

"아니, 그건 모르겠고, 일단 무조건 이 안에 갇힌 사람을 구해야 해."

"왜?"

그에 순간 말문이 막힌 이안은 인상을 팍 찡그리며 대꾸했다.

"그냥 쫌, 내가 그렇다면 그런 줄 알아라, 가신 놈아."

소환술사 듀얼 클래스와 관련된 핵심적인 정보, 혹은 히든 키가 될 수 있을 게 분명한 반마의 소환술사 세르비안.

지금 당장은 세르비안을 수정안에서 꺼내는 게, 오염의 근원을 찾는 일보다 더 중요한 이안이었다.

카이자르는 투덜거리며 이안을 도와 수정을 깎기 시작했고, 폴린과 라이도 한 손씩 거들기 시작했다.

그렇게 30여분 정도가 지났을까?

쩌저정—!

붉은 수정에 전체적으로 금이 가더니 300만이 넘던 내구도가 드디어 0으로 떨어졌다.

쿵—!

그와 동시에, 이안의 눈앞에 한 줄의 시스템 메시지가 떠올랐다.

그리고 그 메시지에는, 이안의 두 눈을 확 뜨이게 하는 내용이 쓰여 있었다.

—마계 듀얼클래스 오픈 퀘스트가 발동됩니다.

—클래스 네임 : 소환마—召喚魔(마수연성술사)

—클래스 등급 : 히든

"대박……!"

이안의 입에서 절로 탄성이 흘러나왔다.

듀얼 클래스에 대한 단서만 찾아도 좋겠다는 생각을 하고 있었는데, 무려 히든 클래스를 얻을 수 있는 퀘스트가 발동한 것이었다.

'마수연성술사라니…… 이름부터 벌써 흥미진진한데?'

이쯤 되면 이안의 운이 엄청나다고 생각할 수 있을지도 모르겠지만, 적어도 히든클래스 관련 퀘스트가 발동된 것은 운이 아니었다.

카일란 오픈 초기부터, 모든 클래스에 관련된 퀘스트를 최초로 진행하는 유저들은 거의 히든 클래스와 관련된 단서를 찾을 수 있었던 것이다.

즉, 이안이 마수연성술사라는 히든 클래스 퀘스트를 발동시킬 수 있었던 이유는, 운이 아니라 이안이 그 누구보다도 빠르게 듀얼 클래스 관련 퀘스트를 진행하고 있기 때문이었다.

쿠구구궁—

한편, 부서진 수정이 전부 흘러내린 자리엔, 새하얗게 빛나는 영혼 하나가 두둥실 떠올라 있었다.

뾰족한 귀와 자글자글한 주름. 길게 수염을 늘어뜨린 노인

Taming
Master
테이밍마스터

의 모습을 하고 있는 엘프 남성.

그는 바로 엘프이자 상위 마족인, '반마' 세르비안이었다.

─인간…… 그대가 꺼내 준 것인가?

히든 클래스 퀘스트를 얻어 냈다는 기쁨 때문에 히죽히죽 웃고 있던 이안은, 세르비안의 음성이 들리자 정신을 차리고 고개를 들었다.

"아, 예. 그런 셈이죠."

세르비안의 말이 이어졌다.

─고맙다. 덕분에 긴 시간 잠들어 있던 내 영혼이 깨어날 수 있었어. 생명의 불씨가 꺼진 지도 천 년이 넘게 지난 이제야 내 영혼이 자유를 얻었군.

이안은 조용히 그의 말이 끝나기를 기다렸다.

─고맙네. 자네 이름을 알려 줄 수 있겠는가?

"이안이라고 합니다."

그리고 잠시 후, 세르비안이 드디어 이안이 듣고 싶었던 이야기를 꺼내기 시작했다.

─그래, 이안 군. 염치없지만, 혹시 내 얘기를 좀 들어줄 수 있겠는가?

이안이 기다렸다는 듯 고개를 끄덕였다.

"물론입니다, 세르비안 님."

그런데 순간, 세르비안이 당황한 표정으로 물었다.

─엇, 내 이름을 어떻게 알았지?

"바, 방금 말씀하셨는데요?"

-으음, 내가 그랬나? 영혼밖에 남지는 않았지만, 내 기억력이 이렇게 감퇴했다니……. 어쨌든 그것은 중요한 게 아니고, 내 이야기를 시작하겠네.

이안은 속으로 안도의 한숨을 쉬며 중얼거렸다.

'휴, 대충 얼버무렸는데, 믿어 주네.'

시스템 메시지 덕에 이름을 알았다고 할 수는 없는 노릇이었으니, 이안이 당황한 것은 당연했다.

어쨌든 그것과는 별개로 세르비안의 말이 다시 시작되었다.

-이름은 이미 알고 있겠지만, 다시 나를 소개하자면, 나는 엘프 종족 소환술사 중 처음으로 소환마가 되는 데 성공한 세르비안이라고 하네.

"예, 세르비안 님."

-나는 소환마가 되어 수많은 마수들을 포획하는 데 성공했고, 그들을 테이밍하고 자료를 수집하여, 수많은 연구들을 진행했지. 마수들은 내가 생각했던 것보다 훨씬 더 다양했고, 나는 마수들을 연구하면 연구할수록 더 강력한 마수를 얻고 싶다는 욕망이 생겼다네.

세르비안의 이야기는 제법 길었다.

그리고 그것을 요약해 보자면, 대충 몇 가지로 정리할 수 있었다.

1. 세르비안은 최상급을 넘어 전설 등급 이상의 마수를 길들여 보고 싶었으나, 뼈저린 실패를 겪었다.

2. 결국 그가 길들이는 데 성공할 수 있었던 최고 등급의 마수는, 상급 마수인 '헬 하운드'였고, 더 상위 등급의 마수

를 가지고 싶었던 그는 하나의 '실험'을 시작했다.

3. 그 '실험'은 바로, 둘 이상의 마수를 합성하여 새로운 마수로 탄생시키는 것.

세르비안은 백년이 넘는 오랜 세월을 쏟아 부은 끝에, 결국 마수를 합성하는 데 성공할 수 있었다.

4. 하지만 처음에 합성에 성공한 마수는, 재료가 된 마수들에 비해 그다지 뛰어날 것 없는 개체였고, 세르비안은 계속해서 더 뛰어난 개체를 생산해 내기 위해 연구에 더욱더 빠져들었다.

5. 세르비안은 결국 같은 등급의 두 마수를 합성하여, 한 단계 더 높은 등급의 마수를 만들어 내는 데 성공했으며, 그는 자신이 가진 최고 등급의 마수인 켈베로스와, 그와 동급의 마수인 카이온을 합성하는 데 성공하여 최상급 마수를 만들어 냈다.

6. 같은 방식으로 최상급 마수를 여럿 만들어 낸 그는, 전설 등급의 마수를 얻기 위해 그들을 합성했고, 최초로 전설 등급의 마수인 '데빌 드래곤'을 만들어 내는 데 성공했다.

7. 하지만 세르비안의 욕심은 여기서 그치지 않았다.

이제껏 그 어떤 마족도 발견한 적이 없는, 전설 속의 마수인 '신화' 등급의 마수를 만들어 내기 위해 또다시 데빌드래곤과 다른 전설 등급의 마수를 합성했고, 그 결과 마룡 '칼리파'라는 괴물이 탄생하게 되었다.

8. 마룽 칼리파는, 태어나자마자 세르비안을 거대한 '마정' 속에 가두었고, 세르비안의 연구소를 모두 파괴해 버린 뒤 유유히 사라졌다.

이야기를 다 듣고 난 이안은 멍한 표정이 되었다.

'와, 세르비안이 말한 마룽 칼리파가…… 예전에 오클리가 말했었던 그 마룽이랑 같은 놈이 맞는 거겠지?'

이쯤 되자 LB사에 대한 경외심까지 생길 지경이었다.

'대체 LB사는 이 엄청난 세계를 어떻게 창조해 낸 것일까?'

멍한 표정을 짓고 있는 이안의 귀에, 세르비안의 자조 섞인 음성이 들려왔다.

─과욕이 너무도 커다란 화를 불러왔어. 내가 욕심을 부리지 않았더라면 칼리파와 같은 괴물이 세상에 나가는 일은 없었을 텐데 말이지.

자책하는 세르비안에게, 이안이 조심스레 질문했다.

"그러면 세르비안 님, 혹시 이 근방에서 자꾸 생겨나는 오염된 마물들은 어떤 이유 때문일지 짐작 가시는 부분이 있으신가요?"

─오염된 마물이라면……?

이안이 재빨리 인벤토리를 열어, 가지고 있던 '오염된 트라쿠스의 이빨'을 꺼내어 보여 주었다.

"이게 오염된 마물을 사냥하고 제가 얻은 아이템입니다."

세르비안은 트라쿠스의 이빨을 유심히 살펴보더니, 눈을 크게 뜨며 입을 열었다.

-흐음, 이것은……!

이안이 눈을 반짝이며 물었다.

"오, 뭔가 아시겠습니까?"

세르비안이 곧바로 고개를 끄덕였다.

-아무래도 칼리파가 파괴한 내 연구소가 문제인 것 같네.

"세르비안 님의 연구소요?"

-그렇다네. 마수의 합성을 위해서는, 그들의 마성을 강제적으로 제어하는 '혼돈의 씨앗'이라는 아이템이 필요한데. 정제되지 않은 혼돈의 씨앗에 영향을 받으면, 마수들이 미쳐 버리거든.

"혼돈의…… 씨앗?"

-혼돈의 씨앗은 사실 내가 붙인 이름이고, 그것의 재료가 되는 광물은 '카오스 스톤'이라는 물질이지. 나는 그것을 정제시켜서 혼돈의 씨앗을 만들어 낸 거고.

이안이 머릿속으로 빠르게 정보를 정리하며 세르비안에게 말했다.

"그러니까, 혼돈의 씨앗으로 만들어지기 전 카오스 스톤이라는 물질이 마수들에게 좋지 않은 영향을 미쳤고, 덕분에 오염된 마물들이 생겨났다는 이야기군요?"

세르비안이 고개를 끄덕였다.

-바로 그렇다네. 내 연구소 바로 뒤편에는, 카오스 스톤이 다량 매장되어 있는 광산이 있었으니까. 내가 살아 있을 때는 광산을 철저히 관리했기 때문에 마수들이 함부로 그곳에 접근할 수 없었지만, 칼리파가 내

연구소를 파괴하고 나를 봉인한 뒤 마수들이 그곳을 마음대로 들락거렸을 확률이 커.

이안이 뒷머리를 긁적이며 속으로 생각했다.

'그 카오스 스톤이 매장되어 있다는 광산을 폐쇄시켜 버리면 얀쿤의 퀘스트를 해결할 수 있는 건가?'

하지만 그렇게 간단히 생각할 문제도 아니었다.

세르비안의 이야기를 들어 보면, 카오스석은 이안이 얻어야 할 히든 클래스와도 관련이 있는 아이템이었으니까.

이안이 조심스레 세르비안에게 물었다.

"그렇다면 어떻게 해야 오염된 마수들이 생겨나는 것을 막을 수 있을까요?"

세르비안이 이안의 앞으로 다가와 눈을 마주치며 입을 열었다.

ㅡ그 방법을 알려 줄 테니, 내 부탁을 하나 들어줄 수 있겠는가?

물론 이안은 망설임 없이 고개를 끄덕이며 대답했다.

"그러도록 하겠습니다."

그리고 그와 동시에, 퀘스트의 발동을 알리는 알림음이 이안의 귓전을 때렸다.

띠링ㅡ!

마수 연금술의 시작 (히든)(연계)
엘프 최초의 반마이자, 소환마인 세르비안은, 당신이 자신의 뒤를 이어

마수 합성을 연구해 주길 바란다.

하지만 마수 연금술은 아무나 할 수 있는 것이 아니며, 뛰어난 소환술사만이 세르비안의 연구를 이어받을 수 있을 것이다.

세르비안은 당신의 능력을 시험해 보려 한다.

마계 107구역에 있는 '파괴된 세르비안의 연구소'를 찾아가, 그곳을 지키고 있는 오염된 마물들을 전부 소탕하라.

퀘스트 난이도 : SS

보상 : ?

퀘스트를 수락하시겠습니까?

퀘스트를 꼼꼼히 읽은 후, 지체 없이 수락한 이안이 세르비안을 향해 물었다.

"그럼 세르비안 님, 연구소에 있는 마물들을 전부 소탕한 뒤 이곳으로 돌아오면 되는 겁니까?"

세르비안이 고개를 저었다.

-아니, 그럴 필요 없네. 내가 자네를 따라갈 테니까.

"……?"

이안은 조금 어이없는 표정이 되었다.

'아니, 자기가 갈 거면 직접 소탕하면 될 걸 왜 나를 시키는 거지?'

이안의 의문은 당연했다.

최상급을 넘어 전설 등급의 마수까지 만들어 냈던 세르비안의 능력이라면, 107구역에 서식할 290레벨대의 오염된 마수들을 소탕하는 건 손바닥 뒤집는 것보다 쉬운 일일 테니까.

세르비안은 그런 이안의 의문을 느끼기라도 한 듯, 웃으며 입을 열었다.

─마음 같아서는 내가 직접 놈들을 소탕하고 연구소를 복구하고 싶지만, 내게는 육신이 없네. 영혼의 상태로는 할 수 있는 게 아무것도 없지.

"아하, 그렇군요."

─그래서 자네의 도움이 필요한 걸세. 자네는 원래부터 오염된 마물들이 생겨나는 근원을 없애고 싶어 했으니, 날 도울 겸 겸사겸사 움직인다고 생각하면 되지 않겠나?

이안의 입꼬리가 씨익 말려 올라갔다.

"물론입니다. 실망시켜 드리지 않도록 하죠."

이안은 기분이 무척이나 좋아졌다.

'일이 정말 술술 풀리잖아. 퀘스트 두 개를 한 방에 정리할 수 있겠어.'

정황상 세르비안의 연구소와, 그 뒤에 있다는 카오스 스톤 광산이 오염된 마물들이 생겨나는 근원으로 보였다.

세르비안의 퀘스트를 수행할 겸, 오염의 근원까지 봉쇄하면 한 번에 두 개의 퀘스트를 동시에 완료하는 셈이었다.

'거기까지 성공하면 곧바로 분노의 도시로 가서 얀쿤을 찾아야겠어. 그리고 얀쿤이 줄 악마의 순혈을 사용해서 반마가 된 뒤, 마수연성술사라는 히든 클래스로 전직하면 되는 거야.'

속된 말로 아다리가 딱딱 맞아 떨어지는 상황에 이안은 신이 나서 걸음을 옮겼다.

"그럼 가시죠, 세르비안 님."

-도와줘서 고맙네, 이안.

이안은 싱글벙글한 표정으로 대답했다.

"아닙니다, 고맙기는요. 고마운 건 오히려 제쪽인걸요."

세르비안을 대동한 이안은, 마계 110~115 구역을 천천히 뚫으며 107구역을 향해 이동했다.

하지만 그것은 결코 쉽지 않았다.

조금씩 더 깊숙한 곳으로 움직일수록, 하급 마수들의 비율이 줄어들고 중급 마수들로 그 자리가 채워졌기 때문이었다.

"후우, 강력한 마수들이 많네요. 특히 같은 마수라도 오염된 마수가 더 강하게 느껴지는 건, 기분 탓은 아니겠죠?"

이안의 물음에 세르비안이 고개를 끄덕이며 대답했다.

-그렇다네. 같은 마수일 경우, 당연히 오염된 마수의 전투력이 더 강할 수밖에 없어.

"왜죠?"

-정제되지 않은 카오스 스톤에 중독되면, 마기가 사그라드는 대신, 오히려 미쳐 날뛰게 되거든. 인간이나 일반 몬스터들로 따지자면 각성제를 투여 받은 상태라고 해야 할까?

"아하, 어쩐지……."

세르비안이 수염을 쓰다듬으며 설명을 이었다.

-가장 무서운 점은, 광분한 마수들은 두려움을 모른다는 거야. 자신

이 입을 피해를 아랑곳하지 않고, 더욱 공격적으로 움직인다는 점이지.

이안은 고개를 주억거리며 생각했다.

'미친개라고 생각하면 오히려 상대하기 편할지도 모르겠어. 저렇게 방어를 도외시한 공격 패턴은, 카운터 어택에 무척이나 약하니까.'

이안 일행은 반나절 정도를 걸려 110구역까지 주파하는 데 성공했다.

그리고 여기에는 세르비안의 도움이 무척이나 컸다.

그가 직접적으로 전투에 참여하는 것은 당연히 아니었지만, 그의 지식으로 인해 마수들을 상대하기가 쉬워진 것이다.

마계에 수백 년을 머물며 마수만을 연구한 연구가답게, 마수에 대한 그의 지식은 그야말로 엄청나게 방대했다.

-러플로스는, 등허리가 약점이라네. 척추가 무척이나 빈약해서, 큰 충격을 가하면 몸을 뒤틀며 괴로워하지.

-헤카룬을 상대할 때는, 그의 두 눈을 항상 주시하고 있어야 해. 헤카룬의 두 눈이 붉게 빛난다면, 놈의 공격력이 극대화되었다는 얘기거든.

이안은 쉼 없이 창을 휘두르며 전투를 하는 와중에도, 세르비안의 말을 열심히 머릿속에 새겼다.

'정말 말이 많은 노인네인 것 같지만…… 그래도 대부분이 알짜배기 정보라서 허투루 들을 수가 없네.'

그렇게 결국 이안은 110구역의 끝자락까지 도달하는 데 성공했다.

그런데 무언가를 발견한 이안의 신형이 그 자리에서 우뚝 멈춰 섰다.

"……!"

옆에 있던 카이자르가 이안에게 물었다.

"왜 멈추고 그래?"

이안이 손가락을 들어 전방을 가리키며 입을 열었다.

"120구역에서 발견했었던 소환 마법진이다."

그에 카이자르를 비롯한 이안의 일행이 전부 그 방향을 향해 시선을 돌렸고, 다들 긴장한 눈빛이 되었다.

"흐음…… 십이지장인지 뭔지 하는 놈들 중 하나가 또 나타나는 건가?"

카이자르의 중얼거림에 이안이 고개를 끄덕였다.

"아마도, 그렇지 않겠어?"

두 사람의 대화를 듣던 세르비안이 천천히 입을 열었다.

-자네들 말이 맞아. 110구역 안쪽으로 들어가기 위해선, 십이지장 중 하나를 상대해 이겨야만 하지.

"후우……."

이안은 생각지도 못했던 난관에 눈살을 살짝 찌푸렸다.

'얀쿤과 같은 십이지장 중 하나라면 분명 그와 맞먹는 전투력을 가진 괴물 같은 놈일 텐데, 지금 내 전력으로 이길 수 있을까?'

이안이 만났던 얀쿤의 레벨은 350.

110구역을 지키는 수문장은 그보다 더 레벨이 높았으면 높았지, 더 낮을 것이라는 생각이 들지는 않았다.

'차라리 얀쿤이라면 상대해 볼 만할 거야. 그의 공격 패턴은 전부 외우고 있으니까. 실수만 하지 않는다면 이길 수도 있겠지.'

하지만 얀쿤의 위치는 분노의 도시라고 떠 있었고, 당연히 여기서 등장할 리는 없었다.

마른침을 삼키며 고민에 빠져 있는 이안을 향해 세르비안이 입을 열었다.

-자네, 120구역을 지키는 수문장은 어떻게 뚫었지?

생각지 못한 질문에 당황한 이안이 살짝 말을 더듬었다.

항마력 99라는 사기적인 버그를 등에 업고 있었다는 말을 할 수는 없었으니까.

"그, 그때는 운이 좀 좋았었죠."

세르비안이 눈을 빛냈다.

-그래? 그렇다면 자네가 처치한 건 확실하다는 말이군?

이안이 고개를 끄덕였다.

"그……렇죠?"

-그렇다면 혹시, 그에게서 뭔가 얻어 낸 것은 없는가?

"얻어 낸 것이라면……."

-예를 들어, 상급 마족의 인장이라든가……. 자네가 그의 인정을 받았다면 얻을 수 있었을 텐데.

세르비안의 말에 이안은 반색하며 곧바로 인벤토리를 뒤졌다.

상급 마족의 인장은, 분명 얀쿤으로부터 받은 아이템이었던 것이다.

'찾았다!'

인장을 꺼낸 이안이 세르비안을 향해 그것을 내밀었다.

"여기요. 이 아이템이 맞나요?"

이안이 내민 상급 마족의 인장을 확인한 세르비안의 두 눈이 휘둥그레졌다.

−오오…… 진짜 그것을 얻었을 줄이야!

마족이 다른 누군가에게, 자신이 보유한 인장을 넘겼다는 것은 가벼운 의미가 아니었다.

강자존의 법칙이 가장 완벽히 적용되는 세계인 마계.

마족은 자신이 진심으로 감복한 '강자'에게만 자신의 인장을 선물한다.

심지어 일반 마족도 아니고 상급 마족, 그중에서도 마계의 수문장인 십이지장 중 하나의 인정을 받았다는 것은 대단한 일이었다.

이안을 보는 세르비안의 눈빛이 달라졌다.

−인장을 보니 이건 얀쿤의 인장이로군.

"오, 마족마다 인장의 생김새가 다른가 보군요?"

−당연하지. 인장은 마족에게 있어서 신분증과도 같은 의미니까 말

이야.

세르비안이 두둥실 뜬 채, 소환 마법진을 향해 다가갔다.

그리고 이 돌발 상황에, 이안은 당황해서 소리쳤다.

"앗, 세르비안 님! 아직 전투 준비 안 했다고요. 그쪽으로 가시면 수문장이 소환될 겁니다."

세르비안이 웃으며 이안에게 말했다.

—얀쿤의 인정을 받아 마족의 인장까지 받은 자네라면 110구역을 지키는 수문장도 충분히 상대할 수 있지 않겠는가?

"아…… 그게……."

말꼬리를 흐리는 이안을 보며, 세르비안이 피식 웃었다.

—하지만 자네의 그 인장이 있다면, 수문장과 싸우지 않고도 여길 지날 수가 있으니 굳이 싸울 필요는 없겠지.

세르비안의 말에 이안의 표정이 순간적으로 환해졌다.

'역시! 그런 방법이 있을 줄 알았어. 지금 이 전력으로 또 다른 수문장과 싸우는 건 무리야.'

이안은 세르비안의 뒤를 따라갔고, 세르비안은 소환 마법진 옆에 있는 작은 비석의 앞에 멈춰 섰다.

—여기, 이 홈이 보이는가?

"예, 세르비안 님."

—여기에 그 상급 마족의 인장을 끼워 넣어 보시게.

이안은 얼른 인장을 들어, 세르비안의 말대로 홈에 끼워 넣었다.

'신분증이라더니, 통행증의 역할도 하는 물건인가 보네.'

보름 전, 운 좋게 테스팅 존에 들어와 얀쿤과 싸우지 않았더라면 최소 한 달은 지나야 도전해 볼 법한 관문이었다.

아니, 애초에 그 사고가 아니었더라면, 지금 이안이 여기까지 도달해 있지도 못했을 것이었다.

여러모로 마계 사전 탐방으로 인한 이득을 톡톡히 보는 이안이었다.

우우웅─.

소환 마법진이 가늘게 진동하기 시작했고, 곧 그 위에는 십이지장이 소환되는 대신, 다음 구역으로 이동하기 위한, 예의 그 붉은 포털이 소환되었다.

이안은 싱글벙글한 표정으로 인장을 홈에서 빼내어 다시 인벤토리에 집어넣었다.

"그럼 들어가 볼까요?"

이안의 말에 세르비안이 대답 대신 포털을 향해 몸을 움직였다.

이안은 씨익 웃으며 가신들과 소환수들을 향해 명령했다.

"자, 전부 따라 들어오도록!"

"후후, 마계에 처음 들어온 건 내가 아니었지만, 120구역 안쪽까지 진입한 건 내가 처음일 거야. 그렇지 카산드라?"

붉은 로브와 망토를 둘러 걸친 아름다운 여인.

홍염의 군주, 레미르가 자신의 손바닥을 응시하며 중얼거리듯 말했다.

하지만 어조가 그랬을 뿐, 분명히 누군가를 향해 하는 말이었다

그리고 레미르의 손바닥에서, 새하얀 불길이 타오르더니 동그란 구체가 하나 떠올랐다.

그 안에는 검붉은 피부색을 가진, 마족 여성의 얼굴이 담겨 있었다.

-호호, 애석하게도 그건 아닌 것 같은데, 레미르?

마족이 깔깔대며 웃자 레미르의 아름다운 얼굴이 확 일그러졌다.

"으음, 그게 아니라고? 나보다 먼저 여기까지 도달한 다른 인간이 있다는 얘기야?"

레미르의 물음에 '카산드라'라고 불린 마족 여인이 고개를 끄덕였다.

-그래. 네 말대로야. 이미 누군가가 먼저 이곳을 지났어.

일그러졌던 레미르의 얼굴에, 이번에는 짜증 대신 호기심의 감정이 떠올랐다.

"그래? 그런데 그걸 어떻게 알지? 카산드라, 너에게 마계에서 일어나는 일들을 알아낼 수 있는 능력 같은 것도 있는

거야?"

하지만 레미르의 기대와는 달리, 카산드라는 고개를 절레절레 저었다.

—아니, 그것은 아니야. 다만, 누군가가 먼저 이곳을 지났다는, 너무도 확실한 증거가 있거든.

"음······?"

고개를 갸웃하는 레미르를 향해, 카산드라가 다시 입을 열었다.

—원래 방금 네가 지난 그 게이트. 거기는 마계의 수문장이자, 십이지 장 중 한 명인 얀쿤이 지키는 게이트였어.

레미르가 반사적으로 입을 열어 반문했다.

"얀쿤?"

—그래. 얀쿤이라고 무식하게 힘만 쎈 상급 마족이 있지.

그녀의 말을 곧바로 이해한 레미르가 다시 물었다.

"그럼 누군가가 그 얀쿤이라는 수문장을 이미 처치하고 안으로 들어갔다는 얘기야?"

카산드라가 고개를 끄덕였다.

—그래. 맞아. 누군가가 얀쿤을 처치하지 않았다면, 이 게이트가 마족의 인장 같은 것도 없이 이렇게 통과할 수 있게 되어 있을 리가 없어.

레미르가 다시 인상을 찌푸렸다.

"내가 또 늦었다니······ 이거 제법 자존심 상하는데?"

전의를 불태우는 그녀를 보며, 카산드라가 장난기 어린 목소리로 비아냥거렸다.

─먼저 이곳을 통과한 인간이 누군지는 알 수 없지만 행여 그를 적으로 돌릴 생각이라면 그러지 않는 게 좋을 거야.

레미르 역시 미지의 인물인 '그'를 적으로 돌릴 생각은 없었다.

하지만 카산드라의 말에 자존심이 상했는지, 고개를 획 돌리며 날카로운 목소리로 반문했다.

"그건, 어째서지?"

카산드라가 어깨를 으쓱하며 대답했다.

─혼자의 힘으로 얀쿤을 처치한 인물이라면, 네가 상대할 수 있을 가능성이 제로에 가깝기 때문이지. 얀쿤은 엄청나게 강력하거든.

"그……래? 얼마나 강력하기에 네 입에서 강하다는 얘기가 나오는 거지? 너보다 더 강한 거야?"

레미르의 질문에 카산드라가 잠시 생각하더니 진지한 표정으로 입을 열었다.

─글쎄, 정확히는 모르겠어. 나도 너무 오랜만에 마계에 돌아오는 것이라서 말이야. 하지만 이전까지 알고 있었던 정보들을 바탕으로 추측해 보자면 내가 모든 힘을 되찾고 난 후에는 이길 수 있는 상대일 것 같군.

카산드라의 말에 레미르는 적잖이 충격을 받았다.

'모든 봉인을 풀고 나면, 카산드라의 레벨은 거의 400에 육박할 텐데 그 전투력에 육박하는 마족을 유저가 혼자 힘으로 처치했다고? 지금 시점에서 그게 가능한 거야?'

레미르로서는 아무리 생각해 봐도 이해가 불가능했다.

지금 그녀가 상대할 수 있는 상대는, 높게 잡아 줘야 200레벨 후반대나 300레벨 초반대 정도였다.

그조차도 정말 아슬아슬한 수준.

그런데 카산드라의 말에 의하면, 400레벨에 육박하는 괴물 같은 마족을 유저가 처치했다는 것이었으니, 당연히 믿기 힘들 수밖에 없었다.

'그래, 인간이 꼭 유저라는 법은 없잖아? 어떤 괴물 같은 NPC였을 수도 있고 어쩌면 운 좋게 꿀 같은 퀘스트를 받아서, 일시적으로 400레벨에 가까운 NPC 동료라도 얻은 유저였나 보지.'

하지만 어떻게 생각해도 뭔가 지고 들어가는 듯한 기분은 어쩔 수가 없었다.

레미르가 입을 앙다무는 것을 본 카산드라는, 간드러지게 웃으며 그녀를 놀렸다.

-호호호. 홍염의 군주가 이렇게 분해 하는 것은 정말 오랜만에 보는 것 같군. 그 인간이 누군지는 모르겠지만, 내게 이런 즐거움을 주다니, 고마운걸?

레미르가 인상을 쓰며 차갑게 대꾸했다.

"놀리지 마, 카산드라. 그가 누구든 간에 결국에는 내가 넘어서야 할 상대에 불과하니까."

카산드라가 웃으며 대답했다.

−그래. 난 그대의 이런 성격이 마음에 들어.

"고맙네요, 마계 귀족의 인정을 받으니 뿌듯하군요."

비아냥거리는 그녀를 보며 피식 웃은 카산드라가 다시 입을 열었다.

−어쨌든 그 알 수 없는 인간 덕에, 이 쉽지 않은 관문을 공짜로 통과할 수 있게 되었으니, 빨리 지나가기나 하라고. 그를 넘어서려면 이렇게 지체할 시간 같은 건 없는 거잖아?

카산드라의 말에 고개를 끄덕인 레미르는 서둘러 게이트 안쪽으로 몸을 날렸다.

듀얼 클래스만은 모든 유저들 중에 가장 빨리 얻어 내고 싶었다.

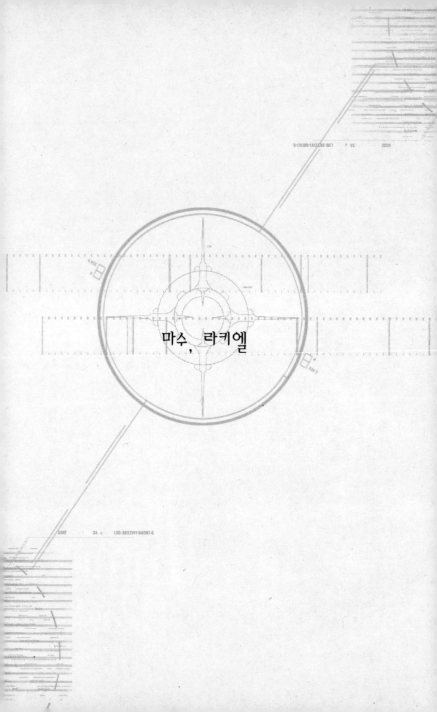

마수, 라키엘

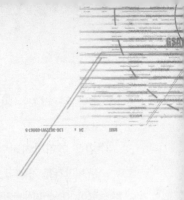

이안과 세르비안은 제법 죽이 잘 맞았다.

그 가장 큰 이유는, 둘의 성향이 비슷하다는 점이었다.

소환수에 대한 끊임없는 연구와 분석.

이 하나의 주제로 두 사람의 대화는 끊임없이 이어질 수 있었다.

주로 이안의 궁금증을, 세르비안이 해소시켜 주는 구도이긴 했지만 말이다.

"그러니까 세르비안 님, 마수들에게도 '잠재력'이라는 게 같은 형태로 존재한단 말이죠?"

─그렇다네. 마수 또한 자네가 지금까지 부려 왔던 소환수들과 큰 맥락에서는 다를 게 없어.

"가장 두드러지는 차이점을 몇 가지만 꼽자면요?"

-으음…….

수염을 만지작거리던 세르비안이 천천히 입을 열었다.

-일단 '마기'를 가졌다는 점. 레벨이 같을 시, 일반 소환수들 보다 전투 능력이 10~15퍼센트가량 더 뛰어나다는 점. 대신에 지능이 많이 떨어지는 편이라 컨트롤하기는 더 어려울 거야.

이안이 눈살을 살짝 찌푸리며 물었다.

"지능이 떨어진다는 말은 어떤 의미죠? 그러니까…… 제 명령을 잘 알아듣지 못할 수도 있다는 이야긴가요?"

세르비안은 곧바로 고개를 저으며 대답했다.

-아니, 그건 아니야. 오히려 정확한 명령에는 일반적인 소환수들보다 더 빠르고 확실하게 반응하지. 다만, 융통성이 없다는 게 문제야. 자네도 훌륭한 소환술사이니 잘 알고 있겠지만, 지능이 뛰어난 소환수들은 소환술사가 일일이 명령을 내리지 않더라도 알아서 잘 싸워 주지 않나. 반면에 마수들은 능동성과 융통성이 일반 소환수들에 비해 꽤나 부족하다고 생각하면 될 거야.

쉽게 말해 AI가 일반 소환수들에 비해 떨어질 것이라는 이야기였다.

이것은 보통의 소환술사들에게는 치명적으로 다가올 만한 단점이라고 할 수 있었지만, 이안에게는 아니었다.

'오히려 내 전투 스타일에는 더 잘 어울릴 수도 있겠는데?'

이안은 모든 소환수들에게 하나하나 명령을 내려 가며 세

밀하게 컨트롤하는 스타일이었다.

이안에게 있어 전투란, 하나의 잘 짜인 거대한 알고리즘을 빈틈없이 작동시켜 원하는 결과 값을 도출해 내는 과정이다.

모든 소환수들의 움직임이 자신의 통제 안에 있어야 직성이 풀리는 이안에게 있어서, 소환수의 AI의 부족은 큰 단점이 아니었다.

'마수……라. 알아 갈수록 점점 더 마음에 드는데?'

100~110구역에 등장하는 마수들은, 110~120구역 사이에 등장하던 마수들과는 또 다른 레벨의 강력함을 가지고 있었다.

그랬기에 더욱 하드한 사냥을 이어 갈 수밖에 없는 상황이었지만, 휴식을 취할 때면 이안은 항상 세르비안과 대화를 나누고 있었다.

'세르비안과 함께할 수 있는 기간 동안, 이 노인네의 지식을 전부 다 내 것으로 흡수해야겠어.'

물론 세르비안이 직접 쓴 마수 도감을 가진 이안이었지만, 책으로 만들어진 기록물을 읽는 것과, 직접 저자에게서 설명을 듣는 것은 또 다른 느낌이었다.

그렇게 조금씩 조금씩 맵을 진행해 가던 이안 일행은, 드디어 세르비안의 연구소가 있다는 107구역에 도착할 수 있었다.

"세르비안, 연구소는 어느 방향에 있죠? 107구역은 되게

미로처럼 생겼네요."

사방이 탁 트여 있던 108구역과는 다르게, 107구역은 좁다랗고 복잡한 동굴 같은 구조를 가지고 있었다.

난처한 표정으로 길을 묻는 이안을 보며, 세르비안은 천천히 앞으로 나섰다.

-107구역의 구조는 무척이나 복잡하지. 어쩌다 이런 형태로 만들어졌는지는 나도 알 수 없지만, 이 복잡한 구조 때문에 내가 여기에 연구소를 만들었던 것이기도 해.

"어째서죠?"

-마족들의 눈에 쉽게 띄지 않을 수 있어서지. 최상위 마족들은 반쪽짜리 마족인 주제에 어지간한 노블레스보다 강력한 힘을 가진 나를 별로 좋아하지 않았거든. 일부러라도 연구소를 숨길 필요가 있었어.

세르비안은 능숙하게 통로를 통과하며, 이안 일행을 연구소로 안내하기 시작했다.

이안은 세르비안의 뒤를 따르며 고개를 절레절레 저어 보였다.

'하아…… 이 길을 외우느니, 마수 도감인지 뭔지를 한 권 통째로 외우는 게 더 쉽겠어. 세르비안 없이 나 혼자의 힘으로 돌아 나가라고 하면 할 수 있을까?'

이안은 그래도 최대한 길을 외워 보려 노력했고, 그동안 세르비안은 자신의 연구소에 도착할 수 있었다.

물론 지금은 연구소라기보다는 '폐허'에 가까운 비주얼이었지만 말이다.

─다 왔네, 이안. 여기가 내 연구소였던 곳이지.

이안이 웃으며 반문했다.

"왜 과거형인 겁니까?"

그에 세르비안이 시무룩한 얼굴로 대꾸했다.

─보다시피 죄다 박살이 나지 않았는가. 이제 여긴 쓰레기장이나 창고로 쓰면 딱 어울릴 것 같은 비주얼이 되어 버렸어.

세르비안의 시무룩한 표정이 제법 귀여웠기에, 이안은 피식 피식 웃음이 나왔다.

"그나저나, 신기하네요."

─뭐가?

"107구역 들어선 입구부터 시작해서, 여기까지 거의 30분은 이동해서 온 것 같은데, 단 한 마리의 마수도 발견되지 않았잖아요."

─아하, 그거?

"그게 대체 어떻게 가능할 수 있었던 거죠?"

세르비안이 우쭐한 표정으로 설명했다.

─그거야 이 107구역은, 내 앞마당과 같은 곳이니까. 우린 보통 마수들이 지나다니지 않는 지름길만 통해서 안쪽으로 진입했기 때문이지.

이안은 고개를 주억거리며 속으로 생각했다.

'여러모로 세르비안 덕에 퀘스트를 쉽게 진행하는군. 일이 너무 술술 풀려서 오히려 불안한 수준인걸.'

두 사람이 잡담을 나누는 동안 일행은 연구소를 가장한 폐가에 도착했다.

이안은 성큼성큼 그 안으로 발을 들였다.

─조심하게, 이안. 연구소 안쪽에는 어떤 놈이 있을지 몰라.

"으음……?"

세르비안이 다시 한 번 경고했다.

─여기까지 오는 동안 마수를 만나지 않은 이유 중에는, 사실 내 연구소의 존재가 가장 커.

"어째서죠?"

─연구소 안에 있는 카오스 스톤의 냄새를 맡은 많은 마수들이, 죄다 연구소 안에 들어가 있을 게 분명하기 때문이지.

"크흐음…… 그 카오스 스톤이라는 게, 마수들이 좋아하는 물질인 겁니까?"

잠시 생각하던 세르비안이 짧게 대답했다.

─마수들이 좋아하는 물질이라기 보단……. 인간에 비유하자면 마치 마약과도 같은 물질이라고 생각하면 되네. 몸은 망가뜨리지만, 중독성이 엄청난 그런 물질 말이지.

세르비안의 말을 곧바로 이해한 이안은, 조심스럽게 연구소 안쪽으로 진입하기 시작했다.

그리고 아니나 다를까, 진입한 지 3분도 채 되지 않아서 이안 일행은 대여섯 마리나 되는 중급 마수들을 만날 수 있었다.

이안은 곧바로 분주하게 명령을 내리기 시작했다.

"침착하게 움직인다! 지금까지 했던 대로만 하면 돼. 일단 빡빡이, 앞으로!"

그러자 옆에 서 있던 세리아가 곧바로 떡대를 소환시켜 빡빡이의 바로 뒤에 따라 붙였다.

그리고 그 움직임을 시발점으로, 이안의 소환수들과 가신들이 일사분란하게 움직이기 시작했다.

허공에 둥둥 뜬 채, 그 모습을 지켜보던 세르비안이 작은 목소리로 중얼거렸다.

—볼 때마다 신기할 정도의 소환수 통솔 능력이란 말이지.

오염의 근원지답게, 연구소 안에 등장하는 마수들은 전부 오염도가 높은 마수들이었다.

또, 그렇기 때문에 더욱 까다로운 상대들이기도 했다.

"라이, 너는 나랑 같이 다른 소환수나 가신이랑 싸우고 있는 마수들을 기습한다. 광기 때문에 주의가 산만한 놈들이니까, 암습의 효과가 더 좋을 거야."

—크릉— 크릉—! 알겠다, 주인!

마계의 하늘에는 1년 365일 항상 세 개의 달이 떠 있다.

덕분에 라이의 패시브 능력이 마계에 들어온 뒤부터 엄청나게 빛을 발하고 있었다.

그것은 바로, 소버린 펜리르Sovereign Fenrir의 고유 능력 중 하나인 달의 계승자.

고유 능력 '달의 계승자'는 달빛을 받을 시 모든 움직임이 30퍼센트만큼 빨라지며, 매 초 최대 생명력의 3퍼센트만큼을 회복하게 되는 고급 패시브 스킬이었다.

한데 마계에 떠 있는 달은 하나도 아닌 세 개였고, 놀랍게도 달의 계승자 효과는 중첩되어 적용되고 있었던 것이다.

3중첩으로 적용된 최상급 패시브 능력은, 그야말로 사기적이라 할 수 있었다.

라이의 움직임은 마계 안에 있는 동안 90퍼센트만큼 빨랐으며, 생명력은 초당 무려 9퍼센트씩 차오르는 중이었다.

그야말로 죽지 않는 좀비 암살자라는 말이 너무도 잘 어울렸다.

라이도 마계 안에서만큼은, 카르세우스와 비교해도 전혀 꿀리지 않는 전투력을 뽐내는 중이었다.

-크르릉-! 마수들의 진한 혈향이 느껴지는군.

미친 듯이 날뛰는 라이를 필두로, 이안은 천천히 연구실의 입구부터 정리해 가기 시작했다.

'후우, 조금 시간이 걸리더라도 안전하게 진행해야 돼. 여긴 실수 한 번이면 그대로 전멸로 이어질 수 있을 만큼 강력한 놈들이 득실거리는 것 같아.'

어떻게든 이 연구소만 성공적으로 소탕하고 연계 퀘스트를 전부 마치고 나면, 듀얼 클래스를 얻을 수 있을 것이다.

그렇게 되면 이안의 전투력은 한층 강화될 게 분명했으니,

그때는 마계 좀 더 깊은 곳으로 진입하는 것도 가능해질 것이었다.

'좋아. 조금만 더 긴장해서 여길 뚫어 보자.'

이안은 최고의 집중력을 발휘해서 연구소에 득실거리는 마수들을 하나하나 사냥하기 시작했다.

그리고 그들은 결국 연구소의 중심부까지 진입할 수 있었다.

중심부에 다다르자, 한동안 말없이 이안의 전투를 지켜보기만 하던 세르비안이 드디어 입을 열었다.

─이안, 저쪽 문틈 사이로 새어나오는 파란빛 보이지?

세르비안의 말에 이안의 시선이 휙 하고 돌아갔고, 파란빛을 발견한 이안이 고개를 끄덕였다.

"네, 저기 보이네요. 저쪽으로 갈까요?"

세르비안이 고개를 끄덕였다.

─저 문을 열고 안쪽으로 들어가게. 저 안에 내가 채집해 놨던 카오스 스톤 원석이 쌓여 있을걸세.

이안은 천천히 그쪽을 향해 다가갔다.

"그런데 그 카오스 스톤이라는 거, 저나 제 소환수들에게는 위험할 거 없는 아이템인가요?"

이안의 질문에 세르비안은 고개를 주억거리며 설명했다.

─그렇다네. 그 물건은 오로지 '마기'에만 반응하는 물건이야. 자네가 조심할 필요는 없지.

"그렇군요."

─다만, 저 안에 지금까지 만났던 마수들 중 가장 강력한 놈이 들어가 있을지도 모르니, 자네는 그것을 조심해야 할 걸세.

"알겠습니다, 세르비안 님."

세르비안의 경고에, 이안은 옮기던 발걸음을 멈추고 주변의 마수들부터 싹 다 정리했다.

안에서 감당하기 힘든 놈이 튀어나올 것을 대비해, 주변의 잔챙이들을 모조리 정리해 둔 것이다.

"자, 이제 한번 들어가 볼까?"

살며시 벌어진 문틈 사이로 손을 집어넣은 이안은, 천천히 문을 당겨 열어 젖혔다.

그러자 안쪽에서는 눈이 부실 정도로 새파란 빛이 뿜어져 나왔고, 작은 강당 정도가 될 법한 크기의 넓직한 공간 안에 거대한 마수 한 마리가 똬리를 틀고 있었다.

거의 카르세우스와 비견될 정도의 커다란 덩치에, 온통 새카만 깃털들로 뒤덮인 거대한 익룡 한 마리.

그 날카로운 눈빛과 위압감에 잠시 움찔한 이안이 한발 뒤로 물러서며 전투 자세를 취했고, 옆에 있던 세르비안은 두 눈을 부릅뜨고 익룡을 보고 있었다.

─미, 믿을 수 없군!

조금은 뜬금없는 세르비안의 말을 들은 이안이, 의아한 표정이 되어 물었다.

"믿을 수 없다니, 뭔가요?"

세르비안이 멍한 표정으로 천천히 입을 떼었다.

—저놈은 내가 수천 년 전, 인고의 노력 끝에 겨우겨우 손에 넣었던 '라키엘'이라는 마수일세.

"라키엘……?"

여전히 어리둥절한 표정인 이안을 향해, 세르비안이 설명을 부언했다.

—상급 마수 주제에 어지간한 전설 등급의 마수만큼이나 희귀한 녀석이지.

상급 마수라는 말에 이안이 조금 더 긴장한 표정으로 되물었다.

"상급 마수라면 엄청나게 강력하겠군요?"

하지만 이안의 물음에 돌아온 대답은, 생각지 못했던 종류의 것이었다.

—지금 저 녀석의 강력함이 문제가 아니야, 이안.

"그럼요?"

두 사람이 대화하는 동안, 카오스 스톤 앞에 잠들어 있던 라키엘의 두 눈이 천천히 뜨였다.

—라키엘의 영혼은, 전설 등급의 마수를 연성해 내기 위한 가장 훌륭한 재료란 말일세!

이안은 생각지도 못했던 말에 무척이나 당황했다.

"마수 연성을 위한 훌륭한 재료……라고요?"

─그렇다네. 그리고 라키엘은 지금 잡지 못하면 자네가 언제 또 만날 수 있을지 알 수 없는 희귀종이야.

"……!"

이안의 얼굴이 탐욕스러운 표정이 되었다.

'으…… 이거 아까워서 어떡해!'

하지만 아무리 잡고 싶어도, 지금의 이안은 마수를 포획할 수 없는 상황이었다.

아직은 연성이 어떤 매커니즘으로 이뤄지는지도 모를뿐더러, 라키엘이라는 재료가 어떤 의미를 가지는지도 알지 못했다.

하지만 세르비안의 말 한마디만으로도 얼마나 중요한 녀석인지 알 수 있을 것 같았다.

'하아…… 듀얼 클래스를 얻고 나서 나타났어야지, 대체 왜 지금 나타난 거니?'

마수는 기본적으로 반마의 피를 가진, 그리고 듀얼 클래스를 가진 소환마여야만 다룰 수 있는 소환수다.

하지만 이안은 쉽게 포기할 수 없었다.

키아아오오─!

라키엘이 거대한 날개를 펄럭이며 천천히 몸을 일으켰다.

그리고 이 거대한 괴수와 눈이 마주친 이안은 재빨리 놈의 정보를 확인했다.

'구체적인 건 보이지 않고, 상급 마수에 320레벨이라…….'

이안은 정령왕의 심판을 강하게 움켜쥐었다.

"세르비안 님, 저놈 혹시 약점 같은 게 있나요?"

이안의 물음에, 세르비안이 곧바로 대답했다.

-약점 같은 건 딱히 없는 녀석이고, 조심해야 할 건 있다.

"뭔데요, 그게?"

이안은 빡빡이와 카르세우스를 전면으로 앞세워 시간을 번 뒤, 세르비안의 말을 경청했다.

-라키엘은 자신의 생명력이 최대 생명력의 15퍼센트만큼 소진될 때마다 깃털이 타오른다.

"좀 빨리 말해 주세요! 지금 전투 시작됐잖아요!"

이안의 재촉에 세르비안이 곧바로 설명을 이어 갔다.

-깃털은 5분간 타오르는데, 깃털이 붉게 타오르는 동안은 라키엘이 모든 마법 공격에 면역 상태가 돼. 그리고 푸른빛으로 타오르는 동안은 물리 공격에 면역 상태가 되지.

"색깔은 번갈아 가며 바뀌는 건가요?"

-그건 나도 정확히 몰라. 하지만 랜덤일 것 같다.

여기까지 설명을 들은 이안은 지체 없이 라키엘을 향해 뛰어들었다.

'320레벨짜리 상급 소환수를 상대하려면, 어느 정도 희생은 불가피할 거야.'

지금까지야 단 하나의 가신이나 소환수조차 잃지 않으며 전력을 완벽히 유지하고 있었지만, 320레벨짜리 괴물을 상대로도 그것이 가능할 것이라는 생각은 하지 않았다.

'아무 희생 없이 상대하려다 오히려 전멸당하는 수가 있어.'

이안은 침착하게 소환수들과 가신들을 컨트롤하기 시작했다.

'그리고 저놈, 그냥 죽여 버릴 수는 없어.'

이안은 아직, 라키엘의 '포획'이라는 불가능한 과제조차도 포기하지 않고 있었다.

"후우, 드디어 마계에 입성한 건가?"

기다란 장궁을 등에 멘 한 남자.

백색의 가죽 갑주를 몸에 걸친 남자가 마계 128구역의 진입 포털 앞에서 두리번거리고 있었다.

그의 정체는 다름 아닌 사무엘 진이었다.

오클란 길드의 길드마스터인 그가, 대규모 업데이트가 열린 지 한참이 지난 지금에서야 마계 입성에 성공한 것이었다.

전체 랭킹 10위권 안쪽에 들어가 있는 그로서는 무척이나 수치스러운 성적이었다.

하지만 그럴 만한 이유가 있었다.

'대부분의 랭커들이 마계로 빠져나갔음에도, 카이몬이 그렇게 강력할 줄은 몰랐지.'

중부 대륙 서쪽 끝.

지속적으로 흔들려 대는 루스펠 제국의 방어전선은 사무엘 진의 발을 지금까지 묶어 놓고 있었다.

처음에는 조를 짜서 교대로 방어하는 전략이 제법 주효한 듯 보였지만, 결국에는 틈이 생겼고 가장 잃을 것이 많은 사무엘 진이 어쩔 수 없이 계속해서 방어 지원을 나가게 된 것이다.

'후우, 조금 늦기는 했지만 이제라도 빡세게 움직이면 벌어진 차이는 어느 정도 메꿀 수 있겠지.'

사무엘 진은, 방어 전선을 나몰라라하고 자기 혼자 마계에 발을 들여놓은 마틴이 무척이나 괘씸했다.

'마틴, 놈은 역시 계속해서 한 배를 타고가기에는 너무 약았어.'

마틴의 입장에서 자신도 충분히 그렇게 비춰질 수 있음을 모르는 건지, 사무엘 진은 이를 뿌드득 갈며 천천히 걸음을 옮겼다.

'듀얼 클래스부터 빨리 얻자. 아직 얻은 사람이 아무도 없는 것 같으니, 내가 빠르게 접수해 주도록 하지.'

사무엘 진의 밑도 끝도 없는 패기가 엿보였다.

하지만 사실 이것은, 듀얼 클래스에 대한 정보가 전무한 상태이기 때문에 부릴 수 있는 '만용' 같은 것이라고 할 수 있었다.

라키엘은 강력했다.

'상급 마수'라는 타이틀에 걸맞게 혹은 그 이상의 능력치를 보여 주며, 이안을 고전하게 만들고 있었다.

'이 미친 새대가리는 왜 이렇게 쎈 거야?'

그렇지 않아도 320레벨이라는 무지막지한 레벨에다가 카오스 스톤으로 인해 마기가 날뛰기까지 하니, 파괴력이 정말 어마어마했다.

"제기랄, 날개 또 불타기 시작한다! 뒤로 일단 빠져!"

이안의 외침에 소환수들과 가신들이 곧바로 한 걸음 뒤로 물러섰다.

라키엘의 날개가 내뿜는 불꽃은, 라키엘에게 면역을 가져다 줄 뿐만 아니라, 일시적으로 광역 대미지를 입히기도 했으니 우선 피해야만 했다.

광역 대미지 자체도 무시무시한 위력을 자랑했기 때문이었다.

그리고 정말 간발의 차이로, 라키엘의 깃털이 파란 불길을 내뿜으며 불타오르기 시작했다.

화르륵-.

타오르는 불꽃의 색상을 확인한 이안이, 오만상을 찌푸렸다.

'아오, 왜 또 파란 불꽃인 건데?'

전투 자체의 난이도가 지옥같이 어렵기는 했지만, 특히 놈이 파란 불꽃을 내뿜을 때면 정말 속수무책으로 당할 수밖에 없었다.

몇몇 소환수들의 고유 능력을 제외하면, 이안의 주력 공격은 전부 '물리' 타입의 공격이었기 때문이다.

라키엘의 날개가 파란 불꽃에 휘감겨 있는 동안, 이안은 그에게 거의 아무런 피해도 입힐 수 없었다.

"제기랄, 최대한 피하는 데 주력해! 핀이랑 카르세우스만 조금씩 견제하면서 딜 넣어 주고!"

지금 이안의 파티에 물리 타입의 딜러들은 넘쳐났다.

그렇기 때문에 카르세우스는 인간 형태로 폴리모프한 상태였다.

인간 형태일 때, 그는 제법 훌륭한 마법사의 역할을 할 수 있었으니까.

콰아앙-!

핀의 분쇄 스킬과 카르세우스의 마법이 라키엘을 향해 쇄도했지만, 라키엘은 눈 하나 깜짝하지 않고 계속해서 빡빡이와 떡대를 공격했다.

'아마도 카오스 스톤이라는 마약에 중독돼서 저런 움직임을 보이는 거겠지.'

방어나 자기 보호는 안중에도 없는 듯한 라키엘의 공격이 이어졌다.

이안은 계속해서 라키엘의 생명력을 야금야금 갉아먹고 있었다.

'슬슬 이 지옥 같은 불꽃이 사그러 들 때가 됐는데…….'

이안은 날카로운 눈빛으로 라키엘의 생명력 게이지를 한 번 확인했다.

라키엘의 생명력 게이지는, 드디어 절반 아래로 떨어져 있었다.

'후, 저 지옥 같은 생명력 게이지 바가 드디어 깜빡거리네.'

이안은 흐트러지려는 정신을 부여잡고, 전투에 더욱 집중하기 시작했다.

목적을 거의 달성해 가고는 있지만, 마지막 한 순간까지 방심할 수 있는 상대가 아니었기 때문이었다.

끼아아오오!

라키엘이 커다란 부리를 쩍 벌리며, 허공을 향해 괴성을 발사했다.

그러자 순간적으로, 이안의 시야에 수많은 시스템 메시지가 떠올랐다.

─상급 마수 '라키엘'이 고유 능력 '어둠의 포효'를 시전합니다.

─생명력이 26,849만큼 감소했습니다.

─상급 마수 '라키엘'의 마기로 인해, 추가로 10,500만큼 고정 피해를 입었습니다.

-소환수 '라이'의 생명력이 29,847만큼 감소했습니다.

-소환수 '빡빡이'의 생명력이 12,983만큼 감소했습니다.

재사용 대기시간이 긴 편이 아닌 광역 스킬 치고는, 피해량이 무지막지했다.

이안은 이를 악물며 회복 스킬들을 차례로 시전시키기 시작했다.

"사제들은 일단 전방에서 대미지 받아 내고 있는 녀석들부터 생명력 채워 줘! 세리아, 너는 계속해서 빡빡이 생명력만 회복시켜 주고."

"예, 영주님! 그런데 떡대도 생명력이 거의 남지 않았는데…… 일단 빡빡이부터 살릴까요?"

이안은 가슴이 아팠지만, 망설임 없이 고개를 끄덕였다.

"그렇게 해 줘. 지금은 확실한 전력부터 살려 내는 게 제일 중요하니까!"

"알겠습니다!"

결국 떡대는 이어진 라키엘의 공격에 생명력을 모두 소진할 수밖에 없었고, 빡빡이의 생명력 또한 간당간당한 상태가 계속 유지되고 있었다.

"카이자르, 조금만 피해 다니면서 생명력 계속 유지하고 있어! 이제 30초 정도면 물리 면역이 풀릴 거야!"

"알겠다, 영주 놈아. 너도 빨리 준비해라."

"준비? 무슨 준비?"

"창 들고 뛰어들 준비하라고!"

카이자르의 말에 잠시 망설였던 이안은 곧 정령왕의 심판을 움켜쥐고 일어섰다.

'그래, 조금 위험할 수도 있긴 하지만 직접 나서야겠어. 소환수, 가신 절반 이상 날려먹고 나 혼자 살아남아 봐야 마계 사냥 효율도 반 토막 날 거야.'

상급 마수 라키엘은 불타오르는 날개를 이리저리 휘저으며 이안과 사투를 벌이고 있었다.

마찬가지로 이안 역시 거의 반나절에 가까운 시간을 할애해 가며 라키엘과 사투를 벌이는 중이었다.

그리고 드디어, 이 치열한 전투의 끝이 보이기 시작했다.

콰아앙-!

푸른 빛깔의 물리 방어막이 걷히고 나자, 기다렸다는 듯 이안과 카이자르가 뛰어들었다.

촤라락-!

그리고 이어지는 라이의 맹공에 라키엘의 생명력 게이지가 바닥까지 떨어져 내려갔다.

키에에에엑-!

고통에 몸부림치는 흑조黑鳥 라키엘.

그렇게 라키엘의 죽음으로 전투가 마무리되려던 그 순간, 이안이 갑작스럽게 소환수들과 가신들을 뒤로 물렸다.

"모두 뒤로 빠져, 어서!"

아무도 생각지 못했던 갑작스런 외침이었지만, 이안의 소환수들과 가신들은 빠르게 뒤쪽으로 빠져나왔다.

─왜 그러는 거냐, 주인!

"그러게. 이렇게 조금만 더 밀어붙이면 저 괴물 같은 녀석 숨통을 끊어 놓을 수 있었는데."

의아한 표정으로 묻는 카이자르와 라이를 향해, 이안은 짧게 대답한 뒤 성큼성큼 라키엘을 향해 다가갔다.

"저놈, 생포하려고."

이를 앙다물고 대답하는 이안의 모습에, 이번에는 세르비안이 놀란 표정이 되어 물었다.

─아니, 악마의 순혈도 아직 손에 넣지 못한 주제에 마수를 어떻게 테이밍하겠다는 건가!

하지만 이안은, 세르비안의 말은 못들은 체하며 홀로 라키엘을 향해 뛰어들었다.

"힐러들은 모든 회복 스킬 나한테 집중시켜!"

"예, 알겠습니다!"

"알겠습니다, 영주님!"

이안이 뒤로 물러선 빡빡이를 힐끔 응시하며 명령을 이었다.

"세리아, 너는 빡빡이 생명력 최대치까지 전부 회복시켜 놓고, 빡빡이는 계속 나만 보고 있다가 위험해 보이면 곧바로 나한테 귀룡의 가호 걸어 줘, 알겠지?"

빡빡이는 조금 질린 듯한 표정이 되었지만, 고개를 끄덕이며 이안의 명령을 수행했다.

-알겠다. 주인. 조심하도록 해라.

라키엘은 자신을 향해 단신으로 뛰어드는 인간을 보며 포악하게 울부짖었고, 그렇게 이안의 무모한 도전이 시작되었다.

마계에서 이뤄지는 모든 종류의 전투는, 대부분이 대규모다.

이안과 같이 최상위의 랭커가 아니고서는 기본적으로 홀로 사냥하는 것 자체가 불가능했기 때문이었다.

마계에서 솔로 플레이가 가능한 유저들은, 이안을 비롯해 열 명에서 스무 명 정도 뿐이다.

심지어 캐릭터의 전투력이 막강한 유저더라도, 명성이 낮다면 솔로 플레이가 불가능했다.

명성이 낮다는 이야기는 곧 작위가 낮다는 이야기와 일맥상통했고, 그렇다면 고용 가능한 가신의 질적인 면과 양적인 면이 모두 부족하다는 의미였기 때문이었다.

현재 공식 랭킹 8위이자, 180레벨의 전사 유저인 '카세일'이 바로 이러한 케이스였다.

그나마 그의 경우에는 캐릭터 전투력만 따지자면 정말 세

손가락에 꼽을 정도였기에 120~130구역 정도는 솔로 플레이가 가능했다.

하지만 중급 마수가 등장하는 순간, 그 조차도 홀로 사냥하는 것은 불가능했고, 그는 결국 120대 구역에서 홀로 사냥했다.

"헐, 저기 봐. 카세일이야."

"헉! 정말이네? 한 자리 수 랭커도 120구역은 못 뚫는 거야?"

"글쎄, 카세일 정도면 다른 랭커랑 파티 맺고 들어가면 충분히 가능할 텐데. 솔플 하려고 여기 있나 보지."

"으…… 징하다. 저 정도면 저것도 병이야."

그는 카일란 초기부터 독불장군으로 유명했으며, 하루 종일 죽어라 사냥만 하는 전투 중독 유저였다.

어떠한 길드에도 들지 않고 어떤 퀘스트도 받지 않는 그가 지금까지도 10위권 안에 안착해 있다는 사실은 많은 유저들이 미스테리로 생각할 정도였다.

콰드득-!

카세일의 커다란 도끼가, 마계의 하급 마수인 라쿰의 머리통을 으깨었다.

-하급 마수 '라쿰'을 성공적으로 처치했습니다.

-경험치를 2,549,800만큼 획득하셨습니다.

-'최하급 마정석' 아이템을 획득하셨습니다.

떠오른 시스템 메시지를 읽은 카세일의 입가에 옅은 미소가 떠올랐다.

"오케이, 드디어 하나 추가했군."

카세일은 열심히 마정석을 모았다.

반복 사냥 하나 만큼은 그 누구보다 자신 있는 카세일. 그에게 마정석 노가다는 단지 '홀로' 다음 맵에 넘어가기 위한 과정일 뿐이었다.

-'적염룡의 전투 도끼' 아이템을 강화하는 데 성공하셨습니다!

-'적염룡의 전투 도끼' 아이템이 +4강에서 +5강으로 강화되었습니다.

메시지가 떠오르는 순간 카세일은 두 주먹을 불끈 쥐었다.

"드디어……!"

그리고 그 순간, 마계 전체에 월드 메시지가 울려 퍼졌다.

-유저 '카세일' 님이 +5강에 성공해 초월 등급 장비를 획득하셨습니다.

카세일은 '초월 등급 장비'라는 생소한 단어에 두 눈이 살짝 커졌다.

그리고 아이템에 새로 생긴 초월 옵션을 확인하고는 함박웃음을 지을 수 있었다.

"으하하핫, 이 내가, 최초로 5강에 성공한 게 분명해!"

카세일은 마계가 오픈된 지 일주일 만에 마계의 땅을 밟았고, 지금까지 거의 모든 시간 상주하며 하급 마수들을 사냥했다.

그런 그가 +5강에 성공했다는 월드 메시지를 본 기억이 없었으니, 당연 자신이 처음이라고 생각한 것이었다.

그리고 그것은 다른 유저들도 마찬가지였다.

"와, 카세일이 리얼 노가다의 제왕이라더니 벌써 5강을 띄웠네."

"그러게, 쩐다. 난 이제 3강 띄웠는데."

"크으…… 그나저나 5강되면 초월 등급이라고 새로 수식어가 붙는구나. 간지난다, 진짜."

카세일은 주변 유저들의 선망에 담긴 시선을 느끼며 어깨를 으쓱했다.

'후후, 이 맛에 노가다하는 것 아니겠어?'

그리고 사실 카세일이 비공개로 처리해 놔서 아무도 알지 못했지만, 그는 히든 클래스 유저였다.

무한 솔로 플레이와 노가다만으로 지금의 카세일을 만들어 준 완소 히든 클래스.

카세일이 가진 히든 클래스의 이름은, '론섬 워리어'로, 말 그대로 '고독한 전사'였다.

'크크, 마계 더 깊은 곳까지 들어갈 순 없겠지만 여기서 무한 노가다 하는 것만으로 뒤처지지는 않을 테니까.'

론섬 워리어의 가장 큰 특징은 혼자서 다수의 적을 상대할수록 자신의 능력치가 증폭되고 적이 주는 경험치가 증가하는 사기적인 패시브 스킬이었다. 하지만 페널티도 있었으니, 경험치 증가 효과는 오로지 사냥으로 얻는 경험치에만 적용된다는 점과, 유저가 됐건 NPC가 됐건 한 명이라도 파티에 들어오는 순간 모든 패시브가 해제된다는 점이었다.

그야말로 '고독한 전사'라는 수식어에 걸맞은 완벽한 패시브였다.

'장비 모조리 5강까지 만든 뒤에, 119구역 한번 뚫어 봐야겠어.'

잠시 초월 옵션을 감상하며 휴식을 취한 카세일은 다시 일어서서 전투를 시작했다.

'최초로 초월 옵션을 띄웠으니, 분명 기자들이 냄새를 맡고 인터뷰 요청을 해 올 테지?'

카세일은 싱글벙글 웃어 보였다.

공식 커뮤니티 메인에 자신의 이름 석 자가 며칠 동안 새겨질 것을 생각하니, 벌써부터 뿌듯함이 느껴졌다.

"자, 마정석을 내놔라 이놈들!"

일반 유저들은 번쩍번쩍 빛나는 카세일의 도끼를 선망의 눈빛으로 바라보았다.

하지만 마지막 악세서리 하나까지 +5강을 맞춰 놓은 불가사의한 유저가 있다는 것은 그 누구도 알지 못했다.

"빡빡아, 귀룡의 가호 쓸 준비!"

-알겠다. 주인.

라키엘의 입에서 뿜어져 나온 시커먼 불덩어리를, 이안은 창극으로 하나하나 쳐내었다.

쾅- 콰쾅-!

연속으로 날아드는 흑빛의 화염구를 이안이 모조리 쳐내자, 라키엘은 허공으로 날아오르며 분노에 찬 목소리로 포효했다.

끼아아오!

그와 동시에 라키엘이 이안을 향해 커다란 입을 쩍 벌렸다.

화르륵-!

라키엘의 입에서는 흡사 드래곤의 브레스를 연상케 하는 화염이 분사되었고, 이안은 다급히 몸을 굴리며 빡빡이에게 손짓했다.

"지금!"

-알겠다!

그러자 빡빡이의 몸이 황금빛으로 빛나더니, 이안을 향해 금빛 사슬이 쏘아져 나갔다.

후우웅-!

쏘아진 금빛 사슬은, 라키엘의 화염이 도달하기 직전에 이안의 허리를 휘감았고, 그 즉시 이안의 주변에 누런 빛깔의 보호막이 형성되었다.

쾅- 콰콰쾅-!

그리고 보호막에 부딪힌 화염의 광선은, 굉음을 내며 허공으로 흩어져 나갔다.

카아악-!

라키엘은 분하다는 듯 씩씩거렸고, 이안은 안도의 한숨을 내쉬었다.

"휴, 조금만 늦었어도 큰일 날 뻔했어."

귀룡의 가호 스킬은, 일정 시간 동안 빡빡이가 자신과 연결된 대상이 받을 피해를 대신 받아 주는 스킬이었고, 라키엘의 브레스로 인한 대미지를 빡빡이가 대신 흡수해 준 것이다.

물론 이안이 받을 대미지보다 더 증폭된 대미지를 입기 때문에, 빡빡이도 치명적인 피해를 입기는 했다.

하지만 대기하고 있던 세리아가 곧바로 다시 빡빡이를 치료하였고, 결과적으로 라키엘의 공격을 훌륭하게 막아 낸 것이다.

-소환수 빡빡이의 고유 능력인 '귀룡의 가호' 효과로 인해, 107,368의 피해를 흡수합니다.

-소환수 빡빡이가 피해량의 138퍼센트인 148,167만큼의 피해를 대신 받았습니다.

-가신 세리아가 고유 능력 '소환수 치유술'을 사용하여 빡빡이의 생명력을 회복합니다.

-빡빡이의 생명력이 148,167만큼 회복되었습니다.

톱니바퀴 맞물리듯 스킬이 연달아 발동되었다.

덕분에 이안은 라키엘의 가장 강력한 스킬을 하나 무효화
시킬 수 있었다.

"후욱, 후욱."

이안은 차오르는 숨을 거칠게 몰아쉬며 라키엘을 노려보
았다.

"너, 인마. 형이 깜짝 놀랐잖아. 그렇게 스킬 두 개를 연달
아서 쓰는 게 어디 있냐?"

그러자 라키엘이 날개를 퍼드득거리며 이안을 노려보았다.

그리고 바로 그때.

라키엘의 깃털이 파란 빛으로 불타오르기 시작했다.

동시에 이안의 두 눈이 이채를 띠었다.

'오케이, 다시 신나게 두들겨 패 주마!'

파란 빛으로 불타오르는 깃털은, 라키엘이 '물리 피해 면
역' 상태가 되었다는 증거다.

그것을 확인하자마자, 이안의 반격이 시작되었다.

퍽, 퍼퍽ㅡ!

하늘에서 내려치는 번개처럼, 지그재그로 휘어 있는 이안
의 창극이 라키엘의 날갯죽지를 사정없이 파고들었다.

ㅡ상급 마수 '라키엘'에게 치명적인 피해를 입혔습니다.

ㅡ'라키엘'의 생명력이 0만큼 감소합니다.

라키엘이 물리피해 면역 상태가 되자마자, 이안이 공격을
시작한 데는 당연히 이유가 있었다.

이미 라키엘의 생명력은 게이지 바가 보이지 않을 정도로 바닥까지 떨어진 상태였고, 이안의 공격이 두어 방만 들어가면 라키엘은 사망할 게 분명했기 때문이었다.

'요놈아, 대미지는 안 들어가도 맞는 게 고통스럽기는 할 거야, 그치?'

이안이 창을 휘둘러 가격하는 모든 공격은 '물리'타입의 공격이었다.

다시 말하면, 물리 면역인 상태의 라키엘은 이안이 아무리 때려도 죽을 수 없는 상태라는 것이었다.

케엑-! 끼에엑-!

이안의 창에 사정없이 두들겨 맞기 시작한 라키엘이 괴성을 질렀다.

그 광경을 보던 카르세우스가, 빡빡이를 향해 입을 열었다.

-빡빡아, 저 광경…… 왠지 낯설지가 않다.

그에 빡빡이가 머리를 부르르 떨며 대답했다.

-나도 그렇다. 문득 얀쿤이라는 놈이 떠오르는군.

카르세우스의 두 눈에서 동공지진이 일어났다.

-주인이 우리를 저렇게 때리진 않겠지?

빡빡이가 머리를 좌우로 빠르게 흔들었다.

-그럴 리 없다. 나는 착한 거북이다. 주인에게 맞을 이유가 없다.

-나도다. 나도 엄청 착한 드래곤이다.

옆에 서 있던 라이도 조용히 동조했다.

-나도…… 착한 펜리르다.

두려움에 떠는 소환수들과는 별개로, 이안과 라키엘의 전투는 계속해서 진행되었다.

소환수들은 빨리 나를 죽여 달라는 듯한 눈빛을 보내는 라키엘을 조용히 외면했다.

유일하게 카르세우스만이, 측은한 눈길을 보내며 한 마디 조언을 해 주었다.

-빨리 항복해라, 마수 놈아. 나는 우리 주인 놈이 갖고 싶은 걸 포기하는 상황을 본 적이 없다.

그렇게 구타(?)가 시작된 지 15분 정도가 지났을까?

라키엘의 몸을 감싸고 있던 푸른 불꽃이 사그라들었고, 이안은 재빨리 뒤로 물러나 라키엘을 향해 창을 겨누었다.

이안이 약간의 짜증섞인 목소리로 투덜거렸다.

"아오, 진짜 너도 대단한 놈이다. 방금 또 죽을 뻔했잖아."

겉으로 보기에는 일방적인 구타 광경으로 보였을지 몰라도, 실상은 그렇지만은 않았다.

320레벨의 상급 마수인 라키엘은 마구잡이로 휘두르는 공격 하나하나가 위력적일 수밖에 없었고, 두어 대 정도의 공격밖에 허용하지 않았음에도, 이안은 여러 번 생사를 넘나들었던 것이었다.

크륵- 크르륵-!

라키엘은 날개를 힘없이 펄럭이며 이안을 노려보았다.

"자 우리 이제 그만하자. 닭대가리."

라키엘은 분한 듯 날개를 축 늘어뜨리고 아무 말도 하지 못했다.

이안은 그런 라키엘을 향해 침착하게 시동어를 외쳤다.

"포획!"

이안의 손끝에서 뻗어 나간 새하얀 빛줄기가 라키엘의 거대한 몸을 감싸기 시작했다.

긴장되는 순간이었다.

'제발…… 좀!'

사실 포획 시동어는 지금까지 이안이 수없이 많이 외쳐 온 것이었다.

그리고 지금까지 포획하려 마음먹었던 몬스터를 포획하는 데 실패한 역사가 없었다.

하지만 이렇게 되도 않는 불가능한 상황이었던 적은 없었고, 그랬기에 기적은 일어나지 않았다.

-당신의 몸에 마족의 피가 흐르고 있지 않습니다.

-마족의 피를 얻기 전까지는, 마기를 가진 몬스터를 테이밍할 수 없습니다.

-상급 마수 '라키엘'을 포획하는 데 실패하셨습니다.

세 줄의 시스템 메시지와 함께 빛줄기가 튕겨 나왔다

벌써 열댓 번이 넘는 이안의 포획 시도였고, 그것을 지켜보던 모든 이들의 입에서 낮은 탄성이 흘러나왔다.

세르비안이 고개를 절레절레 저으며 중얼거렸다.

—독종이로다. 독종이야. 반인반마가 되기 전에는 마수를 포획할 수 없다고 분명히 설명했거늘……

온몸을 사시나무 떨듯 떨고 있는 라키엘이 불쌍할 지경이었다.

모두가 '이제는 그만할 때가 되지 않았나.'라는 표정으로 이안을 슬쩍 쳐다봤지만, 이안은 창대를 다시 고쳐 잡을 뿐이었다.

이안의 표정은 그 어느 때보다 확고했다.

"아직 부족한가보군. 조금 더 정성이 필요하겠어."

뭔가 어휘 선택이 부적절해 보였지만, 아무도 이안의 말에 태클을 걸 수는 없었다.

잘못 태클을 걸었다가는, 왠지 구타의 대상이 옮겨올 것만 같았으니까.

"야, 닭대가리. 다시 공격해 봐. 싸우자."

이안의 도발에 라키엘이 반쯤 감겨 있던 두 눈을 다시 부릅떴다.

그렇게 또다시 전투가 시작되는 듯했으나, 한 발짝 앞으로 다가온 라키엘이 돌연 이안의 앞에 고개를 푹 숙였다.

그리고 그 광경을 본 세르비안의 주름지고 작은 두 눈이 두 배 이상 커졌다.

—아니. 이게 무슨……!

수백 년 간 마수에 대해 연구해 온 그로서도 도저히 믿을 수 없는 상황이 벌어진 것이다.

하지만 이안은 별로 놀랄 것도 없다는 듯, 고개를 주억거리며 중얼거렸다.

"그래, 잘 생각했어. 더 버텨 봐야 서로 힘들었을 거야."

모든 기력을 소진한 라키엘이 이안의 앞에 축 늘어져 버렸고, 그 순간 이안의 눈앞에 시스템 메시지가 떠올랐다.

－상급 마수 '라키엘'이 당신의 소환수가 되기를 원합니다.

－하지만 당신의 몸에 마족의 피가 흐르고 있지 않으므로, 라키엘을 소환하여 부릴 수는 없습니다.

－그래도 '라키엘'을 소환수로 받아들이시겠습니까?

이안의 한쪽 입꼬리가 슬쩍 말려 올라갔다.

'후후, 목적 달성!'

물론 이안의 대답은 오케이였다.

어차피 라키엘을 소환하여 전투에 사용하려던 것이 아니었기 때문이다.

"소환수로 받아들인다!"

우우웅－!

이안의 대답과 함께 라키엘의 거대한 몸이 붉은 빛으로 변해 허공에 모였고, 잠시 후 이안의 손바닥으로 빨려 들어갔다.

이안 홀로 라키엘과 싸운 시간만 10시간에 가까운 엄청난 혈투였다.

결국 이안은 승리했고, 원하는 것을 쟁취했다.

지금까지의 모든 상황 전개를 계속 구경하던 세르비안이 낮은 목소리로 중얼거렸다.

-하아, 내가 수백 년 연구해도 답을 찾을 수 없었던 것을 폭력으로 해결했단 말인가…….

뭔가 자조섞인 세르비안의 중얼거림에, 이안이 기분 좋은 목소리로 대꾸했다.

"놈이 제 정성에 감동한 것뿐입니다."

세르비안의 주름진 눈가가 파르르 떨렸다.

-정성…… 정성이라. 그래, 정말 정성스럽게 구타하긴 하더군. 상급 마수가 아니라 평범한 새였다면, 아마 깃털이 한 개도 남김없이 전부 다 빠졌을 테지.

그런데 두 사람이 실없는 대화를 나누는 사이 이안의 눈앞에 예상치 못했던 메시지들이 주르륵 떠오르기 시작했다.

-테이밍이 불가능한 몬스터를 길들이는 데 성공하셨습니다.

-히든 클래스 봉인 해제 조건을 만족하셨습니다.

-히든 클래스 '테이밍 마스터'가 한 단계 진화합니다.

-'테이밍 마스터' 클래스의 티어가 2티어에서 3티어로 진화했습니다.

-새로운 히든 스킬, '교감 I'을 획득하셨습니다.

-새로운 히든 스킬, '희생 I'을 획득하셨습니다.

그것을 본 이안이, 세르비안과의 대화를 멈추고 곧바로 메시지들을 읽어 내려갔다.

'히든 클래스의 티어가 진화한다고?'

이안의 머릿속에 있던 정보들은, 방금 확인한 메시지로 인해 재정리되고 있었다.

'나는 테이밍 마스터가 최소 3티어 히든 클래스일 거라고 추측하고 있었는데.'

이안이 테이밍 마스터의 티어를 3티어로 추측한 이유는 간단했다.

본래 이안이 얻을 수 있었던 히든 클래스인 '드래곤 테이머'가 3티어의 히든 클래스라고 알려져 있었던 것이다.

같은 티어 안에서도 클래스 간의 등급 차이가 존재했고, 그렇다면 오클리가 드래곤 테이머보다 더 상위 클래스라고 말했었던 테이밍 마스터는, 못해도 3티어 이상이라는 말이 되는 셈이었다.

'자, 정리해 보면 오클리가 말했던 상위 등급의 클래스라는 개념은, 진화 가능한 최대 티어를 기준으로 결정되는 거였나?'

이런 개념이 아니라면 지금까지 2티어의 히든 클래스였던 테이밍 마스터가, 기본 3티어의 히든 클래스인 드래곤 테이머보다 더 높은 등급의 클래스라는 말이 설명되지 않는다.

그렇다고 오클리가 이안에게 거짓된 정보를 얘기했을 리는 더더욱 없었고.

'홍염의 마도사 레미르는, 특정 직업 퀘스트를 통해서 홍염의 군주로 클래스를 진화시켰다고 들었어. 그런데 테이밍 마스터의 경우에는 퀘스트가 아니라 특정 조건을 충족시켜야 진화되는 건가? 이거 뭔가 되게 혼란스러운데?'

하지만 이안이 잘못 알고 있는 부분이 하나 있었다.

예전 레미르의 히든 클래스였던 홍염의 마도사와 현재 클래스인 홍염의 군주는, 사실 이름만 비슷하다 뿐이지 진화된 클래스가 아니었다.

레미르가 그냥 퀘스트를 통해서 상위 등급의 클래스로 새로 전직할 수 있었던 것일 뿐이었다.

굳이 두 클래스의 연관 관계를 찾자면, 홍염의 군주로 전직할 수 있는 퀘스트를 받기 위한 조건이 홍염의 마도사라는 클래스였던 것 정도였다.

다만 레미르는 이것이 자신의 원래 클래스를 상위 단계로 진화시켰다고 이해했고, 그래서 그렇게 알려졌던 것.

테이밍 마스터와 같이 자체적으로 티어를 진화시킬 수 있는 클래스가 또 존재하지 않을 것이라는 법은 없지만, 적어도 아직까지는 유일한 게 분명했다.

'일단 새로운 스킬도 좀 확인해 봐야 되고, 정리할 게 엄청 많아졌네.'

새로 얻은 히든 스킬이 어떤 것들인지에 따라, 사냥 방식이 달라질 수도 있었기에, 이안은 서둘러 연구소를 정리하기 시작했다.

빨리 얀쿤의 정화 퀘스트와 세르비안의 퀘스트를 마무리하고, 새로 얻은 스킬들을 확인하고 싶었다.

이안이 세르비안을 향해 고개를 돌렸다.

"세르비안 님, 이제 어디 어디 남은 거죠?"

이안의 물음에, 멍하니 딴생각을 하고 있던 세르비안이 화들짝 놀라며 대답했다.

─어디어디 남았냐니. 그게 무슨 말인가?

"연구소에 있는 오염된 마수들 전부 소탕해 달라고 하셨잖아요. 남은 구역 빨리 다 쓸어버리게요."

세르비안이 혀를 내두르며 말했다.

─허어, 자네 좀 쉬어야 하지 않겠나?

"전 괜찮습니다. 빨리 마무리 짓고 난 뒤에 쉬고 싶네요."

─후우, 젊음이 좋은 것인가…… 아니, 이건 젊음이라는 말로 설명할 수 없는 대단한 의지력이야.

이안의 무한 체력에 경탄한 세르비안이 아직 마수들이 소탕되지 않은 구역들을 하나하나 짚어 주었다.

그리고 이안이 라키엘과 사투를 벌이는 동안 편히 앉아 쉬고 있던 이안의 가신들과 소환수들도, 이제는 다시 사냥 지옥의 세계에 발을 들일 수밖에 없었다.

─으…… 주인 혼자 싸우는 거 구경할 때가 좋았다.

─후, 그래도 꽤 오래 쉬었더니 힘이 나긴 하는군.

투덜거리기는 했지만, 소환수들도 별다른 불만 없이 이안의 명령을 따라 움직이기 시작했다.

그리고 이안의 높은 명성으로 인해 충성심이 최대치까지 올라와 있는 가신들은, 군말 없이 이안의 명령에 절대복종하고 있었다.

심지어 카이자르조차도 이제 충성심이 30이 넘는 수준이었다.

"자, 이제 얼마 안 남았다! 조금만 더 힘내자!"

가신과 소환수 들은 이안의 격려와 함께 일사불란하게 움직였고, 그렇게 서너 시간 정도가 더 지나자 드디어 연구소의 모든 마수들을 처치했다는 시스템 메시지가 떠올랐다.

띠링-.

-'파괴된 세르비안의 연구소'에 있는 모든 오염된 마수들을 처치하는 데 성공했습니다. (375/375)

-'마수 연금술의 시작 (히든)(연계)' 퀘스트의 클리어 조건을 전부 달성하셨습니다.

-'세르비안'을 찾아가 대화를 나누십시오.

이안은 그제야 긴장이 풀렸는지 연구실 구석에 널브러져 있던 의자에 주저앉았다.

물론 세르비안은 따로 찾아갈 필요 없이 이안의 바로 옆에 둥둥 떠 있었다.

이안의 고개가 세르비안을 향해 돌아갔다.

"세르비안 님, 이제 전부 정리가 된 듯하네요."

이안의 말에 세르비안이 고개를 끄덕이며 흡족한 표정으로 대답했다.

-후후, 수고 많았네, 이안. 자네, 내 생각보다 훨씬 더 뛰어난 인재였군. 독기도 있고, 뚝심도 있고…… 마음에 들어.

세르비안의 말이 끝남과 동시에, 퀘스트 완료 메시지가 떠올랐다.

띠링-.

-'마수 연금술의 시작 (히든)(연계)' 퀘스트를 성공적으로 클리어하셨습니다.

-클리어 등급 : SSS

-경험치를 57,989,900만큼 획득하셨습니다.

-명성을 40만 만큼 획득하셨습니다.

-세르비안이 당신을 크게 신뢰하기 시작합니다.

이안은 표정 관리를 하는 데 신경 써야 했다.

'라키엘과의 싸움에 너무 많은 시간을 할애해서 클리어 등급이 잘해야 A 정도 나올 줄 알았는데.'

분명 이안이 퀘스트를 진행하는 데 걸린 시간은, 기준 시간보다 제법 오래 걸렸다.

하지만 세르비안이 이안을 따라다니면서 그의 전투를 계속해서 확인했고, 그 과정에서 라키엘의 포획을 성공한 것까지 보았기 때문에 엄청난 가산점을 받은 것이었다.

이안이 세르비안에게 살짝 고개를 숙여 보이며 대답했다.

"과찬 감사합니다. 저야 뭐…… 열심히 마수를 때려잡았을 뿐이죠, 뭐."

-어울리지 않게 갑자기 겸손해졌군.

날카로운 세르비안의 지적에 이안은 살짝 움찔했지만, 곧 뻔뻔한 표정으로 고개를 저었다.

"그럴 리가요. 전 원래 이랬습니다."

-…….

어쨌든 마수 연금술의 시작 퀘스트는 히든 퀘스트이자 연계 퀘스트였고, 이어서 이안의 눈앞에 새로운 퀘스트 창이 떠올랐다.

띠링-.

마수 연금술의 시작 II (히든)(연계)

엘프 최초의 반마이자, 소환마인 세르비안은, 당신의 소환술사로서의 첫 번째 자질인 통솔력을 인정했다.

그는 당신의 전투 능력에 감탄했으며, 이제 두 번째 시험을 시작하려고 한다.

세르비안이 생각하는 소환술사로서의 두 번째 자질은, 바로 소환수를 테이밍하는 능력이다.

하급 마수를 셋 이상 포획한 뒤, 세르비안에게 돌아오자.

퀘스트 난이도 : S

퀘스트 조건 : 세르비안의 첫 번째 시험을 통과한 유저.
                 '반인반마'인 유저.

제한 시간 : 없음

보상 : 카오스 스톤 x10, 하급 연마석 x10

퀘스트를 수락하시겠습니까?

퀘스트 내용을 쭉 읽은 이안의 두 눈이 살짝 찌푸려졌다.

'뭐야? 퀘스트 조건이 반인반마인 유저잖아? 계속 진행하려면 결국 얀쿤에게 먼저 다녀와야 하는 거네?'

연구소의 모든 오염된 마수들을 소탕하면서, 자연히 오염된 마물이 생겨난 근원은 밝혀졌다.

그렇기 때문에 이제 분노의 도시로 가서 얀쿤을 찾기만 하면, 이안은 악마의 순혈을 손에 넣고 반인반마가 될 수 있는 것이다.

'오케이. 그럼 일단 한숨 잔 뒤에 분노의 도시부터 먼저 가야겠어. 상급 마족의 인장이 있으니 100구역까지도 수문장을 만나야 할 일은 없겠지?'

그렇게 이안이 이런저런 생각을 하고 있을 때 뜬금없이 세르비안이 입을 열었다.

─원래는 자네의 자질을 좀 더 시험하기 위해서, 포획 임무를 주려고 했었다네.

"네?"

─자네가 악마의 순혈을 얻고 반마가 된다면, 하급 마수들을 포획하는 임무를 주려고 했었다는 말일세.

이안이 눈을 가늘게 뜨고 되물었다.

"그런데요?"

─그런데 반인반마의 힘을 얻지도 못한 상태로 상급 마수인 라키엘을 포획하는 장면을 내가 봤는데, 이 임무가 무슨 의미가 있겠는가?

"......?"

어리둥절한 표정을 하고 있는 이안의 시야에, 시스템 메시지가 또다시 떠올랐다.

-'마수 연금술의 시작 II (히든)(연계)' 퀘스트를 성공적으로 클리어하셨습니다.

순간 자신도 모르게 육성으로 "잉?"하는 소리를 내고 말았다.

-클리어 등급 : SSS

-경험치를 35,482,300만큼 획득하셨습니다.

-명성을 20만 만큼 획득하셨습니다.

-'카오스 스톤' 아이템을 10개, '하급 연마석' 아이템을 열 개 획득하셨습니다.

이안은 날아갈 것 같은 기분이 되었다.

'뭐야? 이거 퀘스트 하나를 날로 먹었잖아?'

연계 퀘스트 중 하나가 그대로 클리어된 것이다.

보상으로 획득한 아이템들 중 '하급 연마석'은 어디에 쓰는 아이템인지 알 수 없었지만, 그것은 나중에 세르비안에게 물어보기로 했다.

일단은 이 상황에서 이제 퀘스트가 어떻게 진행될지 파악하는 것이 더 중요했으니까.

"세르비안 님, 그럼 전 이제 뭘 해야 합니까?"

이안의 질문에, 세르비안이 인상을 팍 쓰며 대답했다.

–그걸 몰라서 묻나!

"예?"

–당연히 악마의 순혈을 구해 와야지.

"아⋯⋯."

–자네가 악마의 순혈을 구해서 반인반마가 되어 돌아오면, 다음 임무를 자네에게 주겠네. 시간이 얼마 걸릴지 알 수는 없겠지만 이안 자네라면 그래도 몇 달 안에는 구해 오겠지.

이안은 '내일 안으로 구할 수 있을 것 같은데요?'라는 말이 반사적으로 튀어나올 뻔했지만 일단 참았다.

'뭐, 일단 구해 와서 얘기해도 늦지 않으니까.'

세르비안의 말이 이어졌다.

–자네가 악마의 순혈을 구해 오는 동안, 나는 이 연구실을 다시 정상화시켜 놓도록 하지.

"영혼의 상태에서 물리력을 행사하실 수 없다고 하지 않았나요?"

–물론 그렇지.

"그런데 어떻게⋯⋯?"

–내가 직접 움직이지 않고도 연구소를 수리할 방법이 있다네.

세르비안이 손가락을 까딱거리자, 연구소 구석에서 하급 마족 하나가 불쑥 튀어나왔다.

"크으, 오랜만이다, 주인."

이안은 어리둥절한 표정으로 마족과 세르비안을 번갈아

바라보았다.

　그런 그를 향해 세르비안이 어깨를 으쓱하며 말했다.

　―보다시피 여기, 조력자가 하나 있거든.

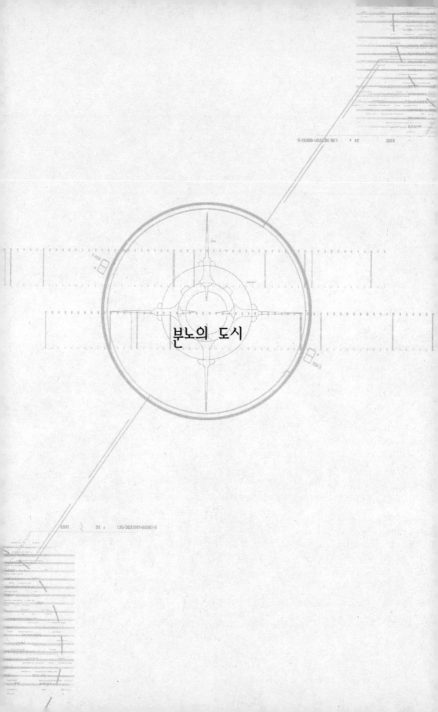

분노의 도시

Taming Master

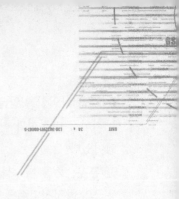

세르비안의 퀘스트를 마무리한 이안은, 캡슐에서 나와 충분한 휴식을 취한 뒤, 다시 카일란에 접속했다.

"이제 드디어 분노의 도시로 가는 건가?"

이안은 분노의 도시로 향하기 전, 개인 정비가 한번 필요하다고 생각했다.

'쌓여 있는 잡템도 많고, 새로 생긴 스킬도 확인해야 하고……'

그동안 정말 수많은 마수들을 사냥했기 때문에, 마정석만 해도 수백 개 이상이 쌓인 상태였다.

최하급 마정석은 삼백여 개도 넘게 쌓여 있었으며, 특히 하급 마정석이 서른여섯 개, 중급 마정석도 세 개나 쌓여 있는 것을 확인한 이안은, 무척이나 뿌듯한 표정이 되었다.

최하급 마정석과 하급 마정석은 엄연히 다른 등급의 아이템이었다.

"후우, 중급 마수들도 수백 마리는 잡은 것 같은데. 상위 등급의 마정석일수록 드롭율이 극악이긴 하구나."

이안은 우선 하급 마정석의 정보를 한번 열어 보았다.

하급 마정석

분류 : 잡화   **등급** : 없음
내구도 : 50/50
순도 높은 마계의 에너지가 담겨 있는 진귀한 보물이다. 마정석을 사용한다면, 장비를 더욱 강력하게 만들 수 있다.
*하급 마정석은 +10강 이하인 장비에만 사용할 수 있다.
*장비 강화에 성공할 확률이 무척이나 낮으며, 강화에 실패한다면 강화 등급이 0~2단계만큼 하락한다.

'하급 마정석으로는 10강이 한계치인 것 같고, 최하급 마정석과는 달리 강화 실패 시 등급이 떨어지기도 하네? 그렇다면 중급 마정석은 15강까지 사용할 수 있는 아이템인가?'

파악이 끝난 이안은, 이번에는 중급 마정석의 정보를 열어 보았다.

중급 마정석

분류 : 잡화   **등급** : 없음

내구도 : 50/50

중급 이상의 마수만이 지니고 있는, 고농축된 마정이 담긴 원석이다.

중급 마정석을 사용하면, 장비를 강력하게 만들 수 있다.

*중급 마정석은 +15강 이하인 장비에만 사용할 수 있다.

*장비 강화에 성공할 확률이 무척이나 낮으며, 강화에 실패한다면 강화 등급이 1~3단계만큼 하락한다.

'음? 중급 마정석은 강화 실패 시 강화 등급이 3단계까지 도 떨어질 수 있잖아?'

이 말인 즉, 14강까지 힘들게 만들었다가도 한번 제대로 실패가 뜨면 다시 11강까지 미끄러진다는 이야기다.

'15강까지 올리려면 중급 마정석이 몇 개나 필요할지 상상 도 안 되네.'

이안은 일단 정령왕의 심판을 더 강화해 보기로 결정했다.

"어차피 아이템이 파괴되는 건 아니니까. 최하급 마정석 은 넉넉하니, 강화 등급이 좀 떨어져도 5강까지는 충분히 다 시 메울 수 있겠지."

이안은 심호흡을 한 뒤, 하급 마정석을 꺼내어 정령왕의 심판에 사용했다.

"흐읍!"

-'정령왕의 심판' 아이템을 강화하는 데 성공하셨습니다!

-'정령왕의 심판' 아이템이 +5강에서 +6강으로 강화되었습니다.

-강화 결과

공격력 : 2,730~3,008→2,912~3,208

모든 전투 능력 +225→모든 전투 능력 +240

통솔력 +300→통솔력 +320

친화력 +225→친화력 +240

무려 단 한 번의 시도 만에 6강을 성공시킨 이안은 뿌듯한 표정으로 강화 결과를 확인했다.

"크으, 최대 공격력이 3천을 넘겼어! 정령왕의 심판 강화하기 전에 능력치가 몇이었더라?"

이안은 수첩 꺼내어 메모해 뒀던 능력치를 확인했다.

"처음 2,005였던 최대 공격력이 3,208까지 올랐네. 강화 단계가 올라도 초기 능력치의 10퍼센트만큼씩 계속해서 오르는 게 확실해졌어."

이안은 신이 나서 다른 능력치도 전부 확인해 봤고, 모든 능력치에 마찬가지로 적용된다는 사실을 깨달았다.

"좋아, 좋아. 그렇다면 10강까지 한번 달려 볼까?"

이안은 다시 심호흡을 한 번 더 하고, 하급 강화석을 발동시켰다.

"제발!"

하지만 이안의 운이 계속해서 이어지지는 않았다.

-'정령왕의 심판' 아이템을 강화하는 데 실패하셨습니다!

-'정령왕의 심판' 아이템의 강화 등급이 +6강에서 +4강으로 떨어졌

습니다.

"······."

금빛에 휩싸여 번쩍번쩍 빛나던 강화 성공 때와는 달리, 실패했을 때는 칙칙한 회색빛이 퍼져 나왔다.

이안은 왠지 눈물이 날 것 같았다.

"하아, 어떻게 2계단이 떨어져 버리냐, 한번에······."

하지만 어차피 최하급 마정석은 수백 개를 가지고 있었기 때문에, 5강까지는 어렵지 않았다.

"어디 누가 이기나 해 보자!"

이안은 강화석을 마구 바르기 시작했다.

-'정령왕의 심판' 아이템을 강화하는 데 성공하셨습니다!

-'정령왕의 심판' 아이템이 +4강에서 +5강으로 강화되었습니다.

-'정령왕의 심판' 아이템을 강화하는 데 실패하셨습니다!

-'정령왕의 심판' 아이템의 강화 등급이 +5강으로 유지됩니다.

-'정령왕의 심판' 아이템을 강화하는 데 성공하셨습니다!

-'정령왕의 심판' 아이템이 +5강에서 +6강으로 강화되었습니다.

그렇게 서른여섯 개나 되던 하급 마정석이 단 두 개 밖에 남지 않았을 때, 연속된 강화 성공으로 운 좋게도, 정령왕의 심판 아이템을 +9강까지 만들 수 있었다.

'하아, 하아, 이게 왜 사냥할 때보다 더 심력 소모가 큰 거 같냐.'

남은 하급 마정석은 두 개.

이안은 갈등하기 시작했다.

'남자답게 다 질러 버려?'

마치 수전증 환자처럼, 마정석을 쥔 이안의 손끝이 부들부들 떨리기 시작했다.

'아니야. 여기서 2단계 하락이라도 하면…… 정말 울고 싶을 지도 몰라.'

평소에 선택 장애와는 거리가 먼 이안이었지만, 지금의 상황은 이안에게조차도 엄청난 갈등을 불러일으켰다.

그리고 그의 옆에서 그 모양을 지켜보던 카이자르가 퉁명스런 목소리로 말했다.

"영주 놈아. 왜 너답지 않게 이런 걸로 고민하는 거냐."

그에 이안이 곧바로 발끈했다.

"가신 놈아, 생각해 봐라. 내가 강화하고 있는 아이템이 네 무기였다고 생각해도 그렇게 편안할 수 있겠냐?"

"크흐음…… ."

강화 한 번에 무기의 공격력이 200~300 사이를 왔다 갔다 하는 상황.

그것을 생각한 카이자르의 동공이 가늘게 떨렸다.

"미안하다, 영주 놈아. 내가 생각이 짧았다."

"후우…… 이너피스."

마음을 차분히 가라앉힌 이안이, 이윽고 다시 입을 열었다.

"그래, 지르자! 인생 뭐 있어? 실패하면 실패하는 거지!"

결국 마음을 비우는 데 성공한 이안은, 하급 마정석을 꺼내들고 왼손으로 눈을 가렸다.

"영주 놈아, 마음을 비웠다며 눈은 왜 가리냐?"

"시끄럽다!"

이안은 눈을 질끈 감고 남은 마정석 두 개를 연달아 사용했다.

어차피 첫 번째 마정석으로 강화에 성공한다면, 10강이 되기 때문에 남은 하나의 마정석은 사용되지 않을 테니까.

하지만 안타깝게도 이안의 하급 마정석은 두 개 모두 하얗게 빛을 내며 사라졌다.

-'정령왕의 심판' 아이템을 강화하는 데 실패하셨습니다!

-'정령왕의 심판' 아이템의 강화등급이 +9강에서 +8강으로 떨어졌습니다.

-'정령왕의 심판' 아이템을 강화하는 데 실패하셨습니다!

-'정령왕의 심판' 아이템의 강화 등급이 +8강으로 유지됩니다.

결과는 두 번의 시도 모두 실패였다.

하지만 이안은 안도의 한숨을 내쉬었다.

"후우, 그래도 8강에서 더 떨어지지는 않았네. 다행이야……."

회색빛이 새어나오는 순간 주저앉을 뻔했던 이안은, 그래도 8강에서 유지되는 것을 보고는 안도했다.

그 모습을 지켜보던 카이자르가 이안을 위로했다.

"그래도 8강까지 올린 게 어디냐, 주인 놈아. 이젠 내 무기나 좀 강화해 줘라."

카이자르의 말에 이안이 힘없이 고개를 끄덕였다.

"그래. 최하급 마정석은 많으니까 일단 5강까지라도 다 강화해 줄게."

이안은 카이자르의 장비들에 최하급 마정석을 바르며 속으로 중얼거렸다.

'이제 하급 마정석 최소 쉰 개 쌓일 때까지는 강화 거들떠도 안 봐야지……. 역시 아이템 강화는 정신 건강에 안 좋아.'

"아자잣, 드디어 우리도 마계 입성이다!"

소년이 포털에서 뛰어내리며 주먹을 불끈 쥐어 보였다.

간지훈이가 해맑게 웃으며 뒤따라 들어오는 카노엘을 보았다.

"형, 우리도 드디어 마계 입성했네. 생각보다 좀 오래 걸렸지만 말이야."

그에 카노엘이 멋쩍게 웃으며 대답했다.

"그거야 내가 짐이 돼서 그렇지 뭐. 너 혼자 퀘스트 진행했으면 벌써 보름 전에 입성했을 텐데 미안하다, 야."

마계가 열린 지도 어느덧 한 달이 다 되어 가고 있었다.

그리고 카노엘의 말처럼, 훈이가 혼자서 움직였다면 아마 보름 전에는 마계에 발을 들였으리라.

"후후, 괜찮아, 형. 카일란 최고의 흑마법사가 의리 없다는 소리를 들을 순 없지 않겠어?"

"크으, 역시 훈이, 너밖에 없다."

"후후훗, 앞으로도 이 훈이만 믿으시면 됩니다."

훈이는 주변을 천천히 둘러보았다.

그리고 멀찍이 하급 마수들과 싸우고 있는 일단의 무리들을 발견할 수 있었다.

"형, 이제 우리도 슬슬 움직여 볼까?"

훈이의 말에 카노엘이 의뭉스러운 표정으로 되물었다.

"그거야 그런데…… 뭐부터 하게?"

"음…… 일단 120구역 안쪽으로 빠르게 들어가야겠지?"

두 사람이 위치한 곳은 마계 129구역.

120구역까지는 꽤나 멀고 험난한 길이었기에, 카노엘은 조금 놀란 표정이 되었다.

"엥? 퀘스트부터 먼저 진행하게? 일단 여기에 적응할 시간을 좀 갖는 게 좋지 않겠어?"

카노엘의 말은 충분히 일리가 있는 말이었지만, 훈이는 고개를 절레절레 저으며 손가락을 까딱거렸다.

그는 애초에 퀘스트를 위해 120구역을 뚫자는 이야기가 아니었다.

"아니, 형, 퀘스트 진행하기 전에 우리가 할 게 따로 있어."

"그게 뭔데?"

훈이가 의미심장한 미소를 지으며 낮은 목소리로 입을 열었다.

"이안 형 찾아가야지. 그 형 옆에 달라붙어 있어야 콩고물이라도 거하게 떨어진다고."

"이안 형님?"

훈이가 고개를 강하게 끄덕였다.

"그 형은 무슨 짓을 했는지는 모르지만, 마계가 열리자마자 3분 만에 입성한 괴물이라고. 지금쯤 마족이라도 가신으로 만들어서 부려먹고 있을지도 몰라."

"……."

이성적으로 생각했을 때, 훈이의 말은 말도 되지 않는 것이었다.

LB사가 커뮤니티에 공개한 정보로는, 100구역 안쪽으로 들어가기 전까지는 마족 발끝도 구경할 수 없었으니까.

하지만 카노엘은 어쩐지, 훈이의 농담이 현실이 되어 있을지도 모른다는 느낌을 강하게 받았다.

'진짜 그 형은 게임을 위해 태어난 사람 같았지.'

어쨌든 카노엘도, 자신을 사람다운 소환술사 유저로 만들어 준 이안이 보고 싶었다.

"그래, 가 보자 훈아. 이제 내 전력도 제법 강해졌으니까,

나도 충분히 도움이 될 거야. 우리 둘이 힘을 합하면 120구역 안쪽까지는 뚫을 수 있겠지."

카노엘은 말을 마친 뒤 고개를 힐끗 돌려 왼쪽을 돌아보았다.

"그렇지 오르덴?"

그리고 그곳에는, 아직 다 자라지 못한 어린 블랙 드래곤 한 마리가 카노엘을 향해 콧김을 뿜고 있었다.

"크르릉–."

연구소가 있던 마계 107구역에서 목적지인 분노의 도시가 있는 100구역까지 이안 일행은 막힘없이 뚫고 지나갔다.

마계의 몬스터들은 기본적으로 구역 앞에 붙어 있는 숫자가 작아질수록 조금씩 강해진다.

하지만 일의 자리수가 바뀔 때는 그 정도가 확 와닿을 정도는 아니었고, 10의 단위가 바뀔 때 마다 한 단계씩 대폭 강력해 지는 시스템이었다.

그렇기 때문에 107구역을 무리 없이 돌파해 낸 이안의 전력이면 100구역까지도 어렵지 않게 뚫어 낼 수 있었던 것이었다.

게다가 모든 마정석을 전부 사용하여 또 한 단계 강력해진 것도 한몫했다.

공격력이 3천이 넘어 버린 괴물 같은 무기가 된 '정령왕의 심판'은 마수들의 외피를 두부 썰듯이 뚫고 들어갔다.

'그리고 역시, 새로 얻은 스킬들도 히든스킬답게 엄청나단 말이지.'

이안이 '테이밍 마스터' 클래스의 티어를 한 단계 높이는데 성공한 뒤, 두 가지 히든 스킬을 새로 얻게 되었다.

그중 하나인 '교감 Ⅰ' 스킬은 유틸 스킬에 가까운 기능을 가지고 있었으며, 다른 하나인 '희생 Ⅰ' 스킬은 전투 보조 스킬의 성격을 가졌다.

하지만 두 스킬 모두 이안의 전투력을 증가시켜 주는 데 지대한 도움을 주는 스킬인 것은 마찬가지였다.

이안은 우선 '교감 Ⅰ' 스킬을 살펴보았다.

교감 Ⅰ

분류 : 패시브 스킬   **스킬 레벨** : Lv 0
숙련도 : 0퍼센트
재사용 대기 시간 : 없음   **지속 시간** : 제한 없음
(소환수와의 거리가 소환술사의 통제 범위보다 멀어질 시 300분의 제한 시간이 생긴다. 제한 시간이 지난 후에도 소환수가 소환술사의 통제 범위 밖에 있다면, 소환수는 강제로 소환 해제된다.)
사용 조건 : 소환술사와의 친밀도가 최대치인 소환수들에게만 적용되는 패시브 스킬이다.
뛰어난 소환술사는, 자신의 소환수들과 깊이 교감할 수 있다.

교감 능력이 한계 이상으로 발전한다면, 소환술사는 자신이 없는 곳에서도 소환수들을 부릴 수 있게 될 것이다.

또, 소환술사가 접속을 종료하더라도 일정 시간 동안 소환수들을 소환된 상태로 유지할 수 있다.

*교감 I'의 숙련도가 올라갈수록 소환수들의 통제 범위가 넓어지며, 통제 범위 밖의 소환수들이 유지되는 시간이 증가하게 된다.

*교감 I'스킬의 숙련도가 최대치가 되면, '교감 II' 스킬을 오픈할 수 있다.

'교감 I' 스킬은, 얼핏 봐서는 이해하기 힘든 내용을 담고 있었다.

하지만 소환술사에 대한 이해도가 누구보다 뛰어난 이안은, 이 스킬의 내용을 읽는 순간 대번에 스킬의 활용 방향과 그 핵심을 정확히 파악할 수 있었다.

'별생각 없이 읽으면 단순히 소환수 컨트롤 가능한 범위가 늘어나는 패시브 스킬 정도로 이해할 수도 있지만, 이 스킬의 진가는 거기에 있는 게 아니지.'

소환술사가 소환수들을 통제할 수 있는 범위는 기본적으로 '통솔력' 능력치에 비례한다.

하지만 그것은 사실 큰 의미가 없었다.

기본적으로 주어지는 통제 범위 자체가 넉넉했기 때문이었다.

지금 이안이 소환수를 통제할 수 있는 최대 범위는 거의 800~900미터 수준이었고, 이안조차도 이 범위를 전부 활용하며 전투를 이끌어 나간 적은 거의 없었다.

다시 말해 범위가 더 늘어나는 건 전투에 크게 도움이 되지 않는다는 소리다.

'애초에 1킬로미터에 가까운 먼 거리에 있는 상대는 육안으로 제대로 보이지도 않는데, 무슨 소환수를 그렇게 멀리까지 보내서 컨트롤하겠어?'

그렇기에 이 스킬의 핵심 능력은 다른 부분에 있었다.

'소환술사가 접속 종료를 하더라도 소환수들이 움직일 수 있게 해 주는 능력. 이게 진짜 꿀 같은 기능이지.'

소환술사의 통제 범위 밖에 있는, 그리고 소환술사가 게임에 접속한 상태가 아닐 때의 소환수들도 최대 300분 동안 전투를 가능하게 해 주는 능력이다.

수면이나 식사와 같은, 어쩔 수 없이 게임을 떠나 있어야만 하는 상황에서 흐르는 시간조차 아까운 이안에게, 이 스킬은 정말 엄청난 보물과도 같은 능력을 선사해 주었다.

'이제, 내가 침대에 누워 자는 동안에도 내 소환수들은 레벨을 올릴 수 있는 거야!'

신룡 카르세우스를 1레벨부터 키워 내는 기간 동안 통솔력의 부족으로 다른 소환수들을 소환하지 못했기 때문에, 지금 이안의 소환수들은 이안 캐릭터에 비해 레벨이 많이 부족한 편이었다.

최소 3에서 최대 15레벨까지도 차이가 났으니까.

하지만 이 능력이라면 소환수들이 다시 이안의 레벨을 따라잡는 것은 금방일 것이었다.

'빡세게 굴려 줘야지.'

소환수들이 알았다면 그야말로 식겁할 만한 이안의 음모였다.

'일단 지금 진행 중인 퀘스트부터 끝내고 나서 소환수마다 사냥터를 지정해 줘야겠어.'

이안은 속으로 콧노래를 흥얼거렸다.

속으로 이런 저런 생각을 하며 시시덕거리는 이안의 옆으로, 카이자르가 다가왔다.

"이제 곧 101구역도 끝이 보이는 것 같군."

카이자르의 말에 이안이 고개를 끄덕였다.

"그러게. 잘하면 오늘 접속 종료하기 전에 100구역까지 들어설 수는 있겠어."

이안에게 슬쩍 말을 건 카이자르가 자신의 대검을 들어 이안에게 내밀며 본론을 꺼냈다.

"그런데 영주 놈아, 내 대검 강화 좀 더 해 주면 안 되냐? 내 검도 네놈 창처럼 8강까지 올려 줘라."

"마정석 부족하다, 가신 놈아. 나중에 마정석 많이 생기면 해 줄게."

"거짓말 치지 마라. 하급 마정석 다섯 개도 넘게 가방에 집어넣는 거 봤다."

"……어쨌든 지금은 안 돼. 나중에."

"쳇."

"저기 가서 라이랑 빡빡이나 좀 도와줘라. 네가 제일 센데, 놀고 있으면 어떻게 하냐?"

"알겠다, 이안. 대신 분노의 도시인지 뭔지 도착하면 내 검 강화해 줘야 된다."

이안은 마지못해 고개를 끄덕이며 대답했다.

"아, 알겠어. 그러니까 빨리 가서 일해라, 가신 놈아."

강화해 준다는 말에 신이 난 카이자르가 번개같이 앞으로 뛰어나가자, 이안은 고개를 절레절레 저었다.

'어후, 카이자르는 무슨 아이템 욕심이 어지간한 유저들보다 많네. 뭐 그래도 강화 한번 해 줄 때마다 충성도가 조금씩 오르니까 그거로 위안을 삼아야 하나…….'

아직까지도 일행 내 최대 전력인 카이자르다.

그런 카이자르의 충성도가 오른다는 것은 곧 전력 상승을 의미했다.

물론 이안의 말을 듣지 않아도 적들을 마구 때려잡는 카이자르였지만, 충성도가 높아져 전략적으로 사용할 수 있게 된다면 더 훌륭한 전력이 되어 줄 것이었으니까.

'그나저나, 할리 전투 불능은 언제 풀리는 거지?'

이안은 소환수 창을 열어 할리의 상태를 확인해 보았다.

소환수 할리
등급 : 전설
상태 : 전투 불능 (남은 시간 : 02:49:23)

할리는 앞으로도 거의 3시간 가까이 소환할 수 없는 상태였다.

하지만 할리는 전투 중에 대미지를 입고 전투 불능이 된 것이 아니었다.

이안이 새로 얻은 히든 스킬인 '희생 Ⅰ'을 할리에게 사용하여 전투 불능이 된 것이었다.

'확실히 1레벨 다운이라는 디스어드밴티지가 크기는 하지만, 내가 가진 버프 중에 이만 한 버프는 없으니까.'

'희생 Ⅰ' 스킬은, 보유한 소환수 중 하나를 말 그대로 '희생'시켜, 일정 시간 동안 팀 전체에 막대한 버프를 거는 능력이었다.

스킬 정보는 다음과 같았다.

희생 Ⅰ

분류 : 액티브 스킬   스킬 레벨 : Lv 0
숙련도 : 0퍼센트
재사용 대기 시간 : 320분   지속 시간 : 300분
사용 조건 : 현재 소환되어 있는 소환수, 혹은 소환술사 자신에게 사용 가능하다.

다른 유저나 NPC, 다른 유저의 소환수에게는 사용할 수 없다.
동료 소환수의 희생은, 일행에게 슬픔과 동시에 분노를 가져다준다.
일행은 희생된 소환수(혹은 소환술사 본인)의 전투력에 비례하여 강력한 버프를 얻게 된다.
이동 속도 : +(희생된 소환수의 레벨/3)퍼센트
재사용 대기 시간 : -(희생된 소환수의 레벨/5)퍼센트
전투 능력 : +(희생된 소환수의 전투 능력/2)
*희생된 대상은 전장에서 사망했을 때와 동일한 페널티를 받게 된다.
*소환술사 본인과 보유한 모든 소환수들, 그리고 가신들에게 버프가 적용된다. (파티를 맺은 다른 유저들이나 NPC에게는 적용되지 않는다.)
*소환수가 아닌 소환술사 본인에게 희생 능력을 사용했을 시, 소환술사는 지속 시간 동안 영혼의 상태로 전장을 떠돌게 된다.(영혼 상태에서는 적을 공격할 수 없으며 어떤 스킬도 사용할 수 없다.)
영혼 상태가 끝나면 자동으로 게임 접속이 종료되며, 사망했을 때와 마찬가지로 24시간 동안 게임에 접속할 수 없게 된다.
또한, 소환술사 본인에게 희생 능력을 사용하면, 모든 버프 계수와 지속 시간이 두 배로 적용된다.
*'희생 Ⅰ'의 숙련도가 올라갈수록 버프 계수가 조금씩 증가하며, 지속 시간이 대폭 증가한다.
*'희생 Ⅰ'스킬의 숙련도가 최대치가 되면, '희생 Ⅱ' 스킬을 오픈할 수 있다.

그야말로 잃는 것이 많은 만큼, 버프 효과도 지금껏 얻었던 그 어떤 스킬보다 대단한 수준이었다.

이안은 시험 삼아 할리에게 희생 스킬을 사용해 보았으며, 그 위력을 톡톡히 보았다.

'버프가 지속되는 5시간 동안, 진짜 전력이 두세 배는 강해진 것 같은 느낌이었지.'

할리는 순발력에 특화된 소환수였고 그런 할리의 모든 능력치의 50퍼센트만큼을 다른 소환수들과 가신이 옮겨 받았으니, 그 효과는 엄청났다.

순발력이 가장 느렸던 빡빡이 마저도, 중상급 이상의 순발력을 보유하게 된 것이었다.

'게다가 모든 스킬들의 재사용 대기 시간이 34퍼센트나 줄어들었고. 모든 움직임이 56.6퍼센트만큼 더 빨라졌어.'

할리의 레벨은 170이었기 때문에 그 5분의 1만큼의 수치인 34퍼센트만큼의 계수가 재사용 대기 시간 감소에 적용된 것이었고, 3분의 1만큼의 수치인 56.6퍼센트만큼 움직임이 빨라진 것이었다.

'1레벨 감소라는 페널티가 어마어마하긴 하지만 그래도 종종 쓰게 될 것 같은 능력이야.'

감당하기 힘든 보스를 상대해야 하는 보스전이나, 중요한 영지전 같은 때에는 필수로 써야만 하는 스킬이었다.

이안은 생각을 정리하고는 한창 마수들과 전투 중인 소환수들을 둘러보았다.

"지금 상대하고 있는 놈들만 다 잡고 2시간 정도 휴식한다!"

이안의 말에 소환수들이 반색했다.

-오오, 주인이 뭘 잘못 먹은 것 같다!

-이럴 수가. 5시간 밖에 사냥하지 않았는데 2시간이나 쉰대!

-믿기 힘든 일이군.

하지만 이안이 쉬어 가려는 이유는 정말 쉬고 싶어서가 아니었다.

할리의 전투 불능 지속 시간이 끝나기를 기다려서 100구역에 진입해야 한다는 생각 때문이었다.

'100구역엔 또 어떤 위험이 있을지 모르니까…….'

이안은 등에 메고 있던 정령왕의 심판을 꺼내 들고는 전방을 향해 걸음을 옮겼다.

"빨리 다 쓸어버리고 쉬러 가자, 애들아!"

이안의 외침에 힘을 얻은 소환수들이 더욱 투지를 불태우며 마수들을 사냥하기 시작했다.

-알겠다, 주인!

카르세우스는 커다란 입을 쩍 벌리며 입김을 빨아들이기 시작했다.

-좋아, 다 통구이로 만들어 주마!

마계가 열린 지 어느덧 삼십 일차.

카일란 공식 커뮤니티에는, 마계 관련 게시판이 따로 만들어질 만큼 마계에 대한 유저들의 관심이 더욱 커지고 있었다.

이제는 어지간한 상위권 유저들도 대부분 관련 퀘스트를 받는 데 성공해서 마계에 진입했고, 때문에 마계에 입성한 유저의 숫자가 몇 만을 훌쩍 넘었다.

게다가 이안으로 인해 120구역에서 119구역으로 넘어가는 길목을 지키던 얀쿤도 처치되었기 때문에, 110대 구역까지 진입한 유저들도 수천 명이 넘어가고 있었다.

사실 이안을 제외하고는 어떤 유저도 120구역을 지키는 수문장의 존재 자체를 모르게 된 것이다.

그러나 120구역의 포털이 영원히 프리패스로 남게 된 것은 아니었다.

-으악, 이게 대체 무슨 일이죠? 저 오늘 드디어 121구역 뚫고 120구역 진입했는데, 120구역 끝에 있는 포털에 수문장이 있어요!

-엥? 그게 무슨 말이에요. 제가 어제 바로 120구역 지나서 지금 119구역 사냥 중인걸요.

-헐, 님들 진짜 큰일 남. 오늘 오전에 갑자기 120구역 포털에 수문장이 생겼대요.

-엥……? 그런 게 있었어요?

-윗 님 정보가 느리시네. 구역 수문장이 존재한다는 건 벌써 일주일 전에 알려졌어요. 110구역에도 이미 몇몇 랭커들이 도달했는데, 거기 수문장이 엄청 강력해서 아직 아무도 못 지났다고 하더라구요. 110구역 수문장 잡기 위해서 최고 랭커들끼리 레이드 팟 짜고 있다고는 하던데…… 120구역에도 수문장이 생겨날 줄이야.

-으아아! 그럼 후발 주자는 120구역 이제 진입 못 하는 건가요?

-그렇죠. 진입도 못할 뿐더러, 한번 귀환석 타고 마을로 돌아가면 다시 사냥터로 돌아갈 수도 없게 된 거죠.

-으으…… 누가 수문장 안 잡아 주나?

-레벨이 350인가 그렇다고 하던데 그 괴물을 누가 잡아요? 최상위 랭커들 20인 풀 파티로 덤벼야 잡을 수 있으려나…….

-에이, 윗분. 그 정도는 아닐 듯하네요. 350레벨대 괴물이라고 하더라도, 10위권 유저 한 너덧 명 정도 모이면 잡기는 할 듯.

-10위권 유저 너덧 명 모이는 건 쉽나요.

-하긴…… 그것도 어렵겠네요.

바로 얀쿤이 사라진 그 자리에, 새로운 수문장이 등장한 것이었다.

덕분에 120구역 안쪽에서만 드롭되는 하급 마정석의 가격이 천정부지로 치솟기 시작했다.

물론 마정석의 시세가 어떻든 별 관심이 없는 이안은, 마정석이 생기는 대로 죄다 무기 강화에 녹여 버렸지만 말이다.

"후우, 이번에도 10강을 만드는 데는 실패했군."

강화 실패 메시지와 함께, 9강에서 멈춰 버린 정령왕의 심판을 보며 이안이 아쉬운 표정을 지었다.

"거 참, 내 칼도 좀 강화해 달라니까 자기만 계속 강화하네."

옆에서 투덜거리는 카이자르를 이안이 달래 주었다.

"이거 창 하나만 10강 만들면 하급 마정석 다 가신님 대검 강화에 몰아줄게. 조금만 참아."

"크흠흠, 그렇다면야……."

이안이 카이자르와 티격태격하는 동안, 어느새 일행은 100구역의 깊숙한 곳에 들어올 수 있었다.

그리고 곧, 이안의 시야에 거대한 성곽이 들어왔다.

"오오, 저긴가 보네."

이안의 중얼거림에, 묵묵히 그의 뒤를 따라 걷던 폴린이 대답했다.

"그런 것 같습니다, 영주님. 마계 안에서 성곽을 보는 건 처음인 것 같군요."

목적지를 발견하자 이안의 걸음은 점점 빨라졌고, 가까이 다가갈수록 일행의 입에서는 자연스레 감탄사가 흘러나왔다.

뾰족뾰족한 돌기가 여기저기 솟아 있는 거대하고 웅장한 성곽은, 정말 지옥에나 있을 법한 악마성의 비주얼을 하고 있었다.

"크으, 진짜 마계에 온 것 같네."

이안의 감탄사에, 옆에 있던 세리아가 조심스레 딴지를 걸었다.

"영주님, 여기 진짜 마계 맞는데요."

그에 이안은 멋쩍은 표정을 지어 보이며 뒷머리를 긁적였다.

"아…… 그, 그렇지."

그렇게 분노의 도시를 감싸고 있는 성곽을 따라 걷던 일행은, 거의 10여 분 정도를 빠른 걸음으로 걸은 끝에 내부로 들어가는 입구를 발견할 수 있었다.

입구는 족히 높이가 10미터는 됨직한 거대한 성문으로 막혔고, 그 앞에는 우락부락하게 생긴 마족들이 경계를 서고 있었다.

'보초병인가 본데…….'

마족들의 정보를 확인해 본 이안은 마른침을 꿀꺽 삼키며 그들에게 조심스레 접근했다.

보초병 주제에 마족들의 레벨이 300레벨에 가까웠기 때문이었다.

"큼, 크흠."

지근거리까지 다가간 이안이 헛기침을 하자, 보초병들의 시선이 이안에게로 쏠렸다.

"누구냐! 이곳은 마족이 아닌 이종족이 함부로 들어갈 수 있는 곳이 아니다."

그러자 마족이 큰 눈을 부라리며 이안을 아래위로 훑었다.

그의 면면을 살피던 이안은 속으로 안도의 한숨을 내쉬었다.

'휴우, 그래도 다짜고짜 공격을 하지는 않네. 인장을 보여 주기도 전에 창을 휘두르면 어쩌나 걱정했었는데.'

이안은 자신에게 말을 건 마족의 정보를 다시 한 번 확인해 보았다.

-분노의 도시 치안 대장 헤이스카 / 레벨 : 325

'어쩐지 개중에 제일 우락부락한 게 못생겼더라니.'

이안의 입이 천천히 열렸다.

"전 마계의 십이지장 중 하나인 얀쿤의 의뢰를 받은 유저 이안이라고 합니다."

이안의 말에 무척이나 적대적인 얼굴을 하고 있던 헤이스카의 표정이 일변했다.

"으음……! 인간, 얀쿤 님을 어떻게 아는 거지?"

이안은 퀘스트 내용을 구체적으로 설명해야 할지 고민하다가, 일단 인벤토리에서 인장을 꺼내었다.

"그 설명을 하자면 너무 길어질 것 같고 여기 얀쿤에게서 받은 마족의 인장을 보여 드리도록 하죠."

이안이 내민 상급 마족의 인장을 건네받은 헤이스카는, 잠시 후 더욱 놀란 표정이 되었다.

"아니, 이것은…… 상급 마족의 인장!"

당황한 헤이스카의 한 마디와 함께, 분노의 도시 입구를 지키던 마족 병사들이 일제히 이안을 향해 고개를 숙여 보였다.

"이런, 귀인께 제가 무례를 범했습니다. 부디 용서를……."

그러자 오히려 과한 반응에, 이안이 더욱 당황한 표정이 되었다.

'으음? 이게 이렇게나 대단한 물건이었던 건가?'

이안은 정확히 알지 못했지만, 상급 마족의 인장은 그렇게 쉬이 얻을 수 있는 물건이 아니었다.

이안은 그저 수문장을 처치하면 누구나 얻을 수 있는 아이템 정도로 인지하고 있었던 상급 마족의 인장은, 사실 상급 이상의 마족에게 제대로 된 '인정'을 받아야만 얻을 수 있는 물건이었다.

인장을 건네준 대상이 그 능력을 회수하기 전까지는, 하위 마족들에게 상급 마족에 준하는 대우를 받을 수 있는 엄청난 물건이었던 것이다.

어쨌든 일이 잘 풀리고 있음을 느낀 이안은, 지체하지 않고 성문 안쪽으로 걸음을 옮겼다.

"어쨌든 그럼 전 안쪽으로 들어갈 수 있는 거죠?"

이안의 물음에 헤이스카가 곧바로 고개를 끄덕였다.

"그렇습니다. 지금 바로 들어가셔도 됩니다."

대답을 듣자마자 이안은 문 안쪽을 향해 걸음을 옮겼고, 이안의 가신들도 이안을 따라 걸음을 옮겼다.

그런데 그때, 헤이스카가 갑자기 이안을 저지하였다.

"잠깐!"

"으음⋯⋯?"

헤이스카가 창대로 이안의 뒤를 따르던 카이자르를 막으며 말을 이었다.

"이 안쪽은 이안 님 혼자만 들어가실 수 있습니다."

이안이 조금 당황해서 되물었다.

"제 가신들인데 안 되겠습니까?"

"안 됩니다. 얀쿤 님께 인정을 받은 건 이안 님이지, 이안 님의 가신들은 아니니까요."

"쩝……."

이안은 뭔가 찝찝했지만 어쩔 수 없이 가신들을 외부에 둔 채 안쪽으로 들어갈 수밖에 없었다.

"카이자르, 금방 다녀올 테니까, 상황 봐서 허약해 보이는 마수들 있으면 조심히 사냥이나 좀 하고 있어."

"알겠다, 영주 놈아. 이 근방에 있는 마수들의 씨를 말려 놓도록 하지."

"허세는."

카이자르가 강하기는 했지만, 소환수들 없이 중급 이상의 마수들을 사냥하는 것은 쉽지 않았기에 이안은 피식 웃고 말 았다.

성문 안쪽으로 들어가는 이안을 향해, 헤이스카가 몇 마디 주의를 더 주었다.

"아, 마지막으로 몇 가지 주의를 더 드리자면 우선 얀쿤 님께서는 이제 십이지장이 아니십니다. 저야 괜찮지만, 분노의 도시 안쪽에서 이 부분은 민감한 사항일 수 있으니 말 조심해 주시길 바랍니다."

"아, 그렇군요."

"그리고 얀쿤 님을 찾으시는 것이라면, 중앙 광장 가운데에 솟아 있는 징벌의 탑에 계실 겁니다."

징벌의 탑이라는 이름을 들은 이안은 의아한 표정이 되어 속으로 중얼거렸다.

'징벌의 탑? 무슨 감옥 같은 느낌인데……. 어쨌든 일단 얀쿤을 만나기나 해 봐야겠군.'

이안은 친절한 헤이스카에게 살짝 고개를 숙여 보인 후, 다시 걸음을 옮겼다.

"정보 감사합니다. 그럼 전 이만."

그리고 이안의 눈앞에 시스템 메시지가 주르륵 떠올랐다.

띠링-.

-'분노의 도시'를 최초로 발견하셨습니다.

-명성이 50만 만큼 증가합니다.

-'마계 거주민' 칭호를 획득하셨습니다.

-지금부터 일주일간, 분노의 도시에서 구입할 수 있는 모든 아이템의 가격이 15퍼센트만큼 할인됩니다.

-분노의 도시 거주민들의 친밀도가 10만큼 증가합니다.

분노의 도시 안쪽에 진입한 이안은, 헤이카스의 조언대로 곧바로 도시 중심에 있는 중앙 광장을 향해 움직였다.

그러나 이안은 급할 이유가 없었기 때문에, 도시 이곳저곳을 살펴보며 천천히 걸었다.

의외로 분노의 도시는 인간들의 도시와 다를 것 없는, 전체적으로 평온한 분위기였다.

'그나저나 바깥에서는 코빼기도 볼 수 없었던 마족들이 여기는 진짜 엄청나게 많네.'

골렘을 연상하게 하는 거대한 덩치를 가진 우락부락한 외모의 마족부터, 미소년과 같은 깔끔한 외모를 가진 마족 그리고 눈이 확 뜨일 정도로 엄청난 미모를 자랑하는 마족까지.

하지만 이안은 마족의 외모만 구경하고 있었던 것은 아니었다.

근처에 스쳐 지나가는 모든 마족들의 정보를 일일이 확인하는 중이었다.

'여기서 볼 수 있는 마족들은 대부분 하급 마족이네. 레벨대는 거의 200대 중후반 정도…….'

간혹 300레벨 초반쯤 되는 평마족 정도가 보이기도 했으나, 이안이 놀랄 정도는 아니었다.

'이렇게 보니 확실히, 얀쿤이 마족 중에도 대단한 놈이라는 건 느껴지네.'

그리고 구성원들의 면면을 관찰하다 보니, 새로운 사실도 알 수 있었다.

‘도시 안에 마족만 있는 게 아니잖아?’

물론 인간은 이안 말고 아무도 없었지만, 반마 혹은 엘프
나 지금껏 본 적 없는 특이한 외형을 가진 종족들도 간혹 보
였다.

‘이래서 내가 지나다녀도 딱히 마족들이 신경을 쓰지 않았
던 건가?’

이안은 이런저런 생각을 하며 걸음을 옮겼다.

‘분노의 도시 안에도 콘텐츠가 엄청나게 많아 보이니 퀘스
트를 완료하고 나면 여기도 다시 와서 구석구석 돌아다녀 봐
야겠어. 선점할 수 있는 콘텐츠는 죄다 선점해 버려야지.’

그렇게 삼십여 분 정도를 걸어 중앙광장에 도착한 이안은
어렵지 않게 ‘징벌의 탑’을 찾을 수 있었다.

광장 한가운데 가장 높게 솟아 있는 거대한 탑이 바로 징
벌의 탑이었기 때문이다.

‘으음, 그런데 여기 분위기가 지금까지와는 다르게 좀 특
이한데? 무슨 시장바닥 같기도 하고…….’

징벌의 탑에 발을 들여놓기 전, 그 주변을 한 차례 둘러본
이안이 속으로 중얼거렸다.

‘뭐지? 노예 시장…… 같은 건가?’

그런데 그때, 이안의 시야에 또 다시 최초 발견 시스템 메
시지가 떠올랐다.

띠링-.

-'징벌의 탑'을 최초로 발견하셨습니다.

-명성이 10만 만큼 증가합니다.

-'노예 계약서' 아이템을 획득하셨습니다.

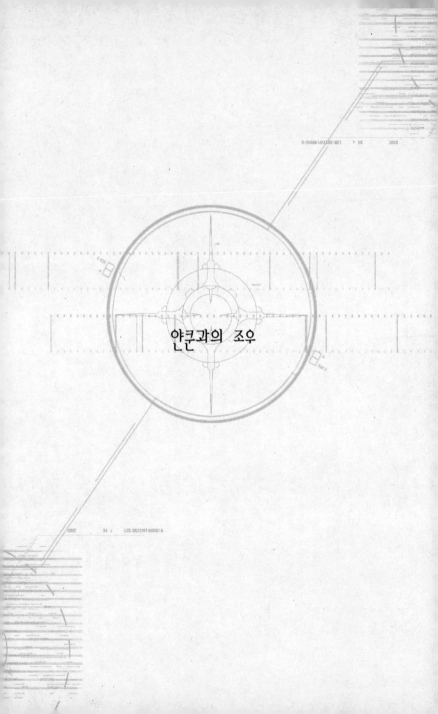

얀쿤과의 조우

Taming
Master

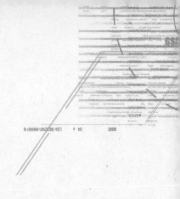

‘노예 계약서’라는 이름의 아이템을 발견한 이안은 두 눈이 휘둥그레졌다.

‘뭐지? 노예 계약서?’

이안은 다시 한 번 주변을 둘러보았다.

‘노예 시장에, 내 눈앞에 있는 탑은 아무래도 감옥 같은 느낌이고……. 설마 이대로 얀쿤을 노예로 계약해서 부려먹을 수 있게 되는 건가?’

하지만 다시 생각해 보니 그것은 아닐 것이라는 걸 알 수 있었다.

‘얀쿤의 계급이 노예가 되었다면, 평마족이었던 헤이스카가 존대를 했을 리가 없지.’

이안은 일단 노예 계약서 아이템을 열어 정보를 확인해 보았다.

노예 계약서

분류 : 잡화   **등급** : 희귀
내구도 : 50/50

분노의 도시 중앙 광장에는 마계에서 가장 큰 노예 시장이 있다.
마계의 노예 시장에서 노예를 계약하기 위해서는 최소 상급 마족 이상의 마계 계급을 가지고 있어야 한다.
하지만 이 노예 계약서가 있다면 1회에 한해 유저의 마계 계급에 관계없이 노예를 계약할 수 있는 권한을 가지게 된다.
*만약 사용자의 마계 계급이 상급 마족 이상이라면, 1회에 한해 노예 계약에 필요한 비용이 절반으로 할인된다.
*유저 '이안'에게 귀속된 아이템이다.
다른 유저에게 양도하거나 팔 수 없으며 캐릭터가 죽더라도 드롭되지 않는다.
(최초 1회에 한해 양도할 수 있다.)

'으흠…… 노예가 어떤 콘텐츠인지도 정확히 모르는 지금으로서는 일단 킵해 둬야 할 아이템이겠군.'

조건부 계정 귀속 아이템.

즉, 1회에 한해 양도가 가능한 귀속 아이템이지만, 이안의 성격상 최초로 얻은 아이템을 누군가에게 팔거나 양도할 리가 없다.

'일단 얀쿤을 찾는 게 우선이야.'

징벌의 탑은 이안이 예상했던 대로 '감옥'이라는 단어가 어

Taming Masks
테이밍마스터

울리는 곳이었고, 탑 내부에는 수많은 마계의 수감자들이 철창 안에 빼곡하게 들어차 있었다.

이안은 징벌의 탑 내부를 두리번거리며 천천히 걸음을 옮겼다.

얀쿤의 외모는 워낙 특이했기 때문에, 가시권에 들어오기만 한다면 눈에 확 띌 게 분명했다.

하지만 30분 후, 이안은 그 판단이 무척이나 잘못된 것이었다는 걸 깨달았다.

'으…… 무슨 죄수들이 이렇게 많아?'

이안은 결국 직접 찾는 것을 포기하고, 구석에서 졸고 있던 간수에게 다가가 상급 마족의 인장을 내밀며 말을 걸었다.

"저…… '얀쿤'을 찾고 있는데, 혹시 그가 어디에 있는지 알고 계십니까?"

이안의 말에 화들짝 놀란 간수는 입가에 흐르는 침을 닦아 내며 허둥지둥 대답했다.

"얀쿤 님이라면 10층 중앙 뇌옥에 계실 겁니다."

간수의 대답에 이안은 의아한 표정이 되었다.

'뭐지? 간수가 죄수에게 존칭을 쓰는 건 대체 무슨 상황이야?'

하지만 상황이 어쨌든 얀쿤을 만나면 모든 궁금증을 풀어 낼 수 있을 것이 분명했기에, 이안은 고개를 끄덕인 뒤 걸음을 빠르게 옮겼다.

"감사합니다. 그럼 전 이만."

30분 동안 탑을 뒤지면서 이미 6층까지 올라와 있었기 때문에, 10층까지는 네 개 층만 올라가면 되었다.

계단을 오르는 이안의 발걸음이 점점 더 빨라졌다.

"크아아앗, 인간들! 인간치고는 제법 강력하구나!"

양쪽 어깻죽지에 무소의 뿔처럼 튀어나와 양 방향으로 길게 굽어져 있는 거대한 날개뼈.

온통 검붉은 피부에 군데군데 화염이 일렁이는 거대한 체격을 가진 마족 '셀라쿠마'가 자신의 눈앞에 있는 다섯 명의 유저들을 향해 인상을 찌푸렸다.

"후욱, 후욱……. 이쯤 됐으면, 슬슬 포기할 때도 되지 않았나. 넌 우리의 상대가 되지 못해."

가장 앞에서 셀라쿠마를 향해 기다란 창을 겨누고 있는 것은, '광휘의 기사'라는 히든 클래스로 유명한 세일론이었다.

또한 그 뒤쪽으로 늘어서 있는 유저들 또한 다들 이름이 쟁쟁한 카일란 한국 서버의 최상급 랭커였다.

특히 세일론의 바로 뒤쪽에 있는 샤크란과 레미르는, 전투력으로 다섯 손가락 안에 든다고 알려져 있는 초고레벨 유저다.

그리고 이런 초호화 전력이 힘을 합해 상대하고 있던 셀라쿠마는, 바로 110구역을 지키고 있는 마계 수문장이다.

－마계 수문장(십이지장) 셀라쿠마 / 레벨 : 360

셀라쿠마의 레벨은 얀쿤보다 10레벨이 높은 360이고, 180~190레벨 사이인 랭커 다섯 명이 전력을 다해야 할 만큼 강력한 상대였다.

하지만 3시간도 넘게 이어진 치열한 전투 끝에, 결국 셀라쿠마의 생명력은 모두 소진되고 말았다.

셀라쿠마는 일행을 잠시 동안 노려보더니 천천히 입을 열었다.

"좋아, 인정한다. 너희들은 이 안쪽으로 들어갈 자격이 있어."

셀라쿠마의 표정은 조금 분해 보였다.

그런데 지금껏 조용히 있던 레미르가 셀라쿠마를 향해 물었다.

"우리에게 110구역 안쪽으로 진입할 자격이 생겼다라……."

불길이 화르륵 하고 피어오르는 레미르의 손끝을 본 세일론이 조금 당황한 표정으로 그녀에게 말했다.

"레미르 님, 왜 그러세요?"

레미르는 냉랭한 표정으로 대꾸했다.

"잠시만 있어 봐요."

그리고 그녀는 한 걸음 한 걸음 성큼성큼 셀라쿠마를 향해 다가섰다.

"지금 내가 여기서 네놈을 죽여 버리면 어떻게 되는 거지? 어차피 네놈을 죽이면 우린 여기를 지나갈 수 있게 될 거고, 막대한 명성도 얻을 수 있을 텐데⋯⋯."

레미르의 말을 들은 샤크란이 한쪽 입꼬리를 슬쩍 말아 올렸다.

'거기까지는 생각 못 했는데⋯⋯. 역시 레미르, 보통내기가 아니야.'

일행은 레미르와 셀라쿠마의 대화를 흥미진진한 표정으로 응시했고, 셀라쿠마의 대답이 이어졌다.

"뭐, 그렇다면 나와 끝까지 싸워도 상관은 없겠지."

레미르의 협박에도 불구하고 셀라쿠마의 어투는 의외로 담담했다.

"네 말대로 이대로라면 분명 패하는 것은 너희가 아니라 내가 될 테고, 나를 죽이는 데 성공한 그대들은 막대한 명성과 보상을 얻을 수 있겠지."

셀라쿠마가 레미르의 말을 순순히 인정하긴 했으나, 그의 말은 끝난 것이 아니었다.

"다만, 어느 쪽이 이득인지는 잘 생각해 봐야 할 거야. 나를 죽인다면 이 포털을 지키기 위해 다른 수문장이 새로 임명될 거고, 그는 늦어도 일주일 내로 다시 이곳을 지키기 시작할 거다. 그러면 너희는 여길 지나기 위해서 또 다시 그와 전투를 해야만 하지."

"……!"

생각지 못했던 셀라쿠마의 말에, 레미르의 커다란 눈이 동그랗게 뜨였다.

"자, 어떻게 할 텐가, 당돌한 아가씨? 나와 끝까지 전투를 한번 벌여 볼 텐가? 그렇다면 나도 최선을 다해 상대해 주도록 하지."

대답과 함께 셀라쿠마의 주변으로 마기가 강렬하게 피어오르기 시작했다.

뒤쪽에 있던 세일론이 재빨리 레미르를 불렀다.

"레미르 님, 아무래도 그와 끝까지 싸우는 것은 손해가 많습니다."

레미르가 눈을 게슴츠레 뜨며 물었다.

"어째서죠? 물론 다음에 다른 수문장을 상대해야 한다는 부분이 조금 귀찮기는 하지만, 마계 수문장씩이나 되는 놈이 어떤 보상을 줄지도 모르는 거잖아요. 조금 번거롭더라도 놈을 죽이고 다음에 새로운 파티를 짜서 한 번 더 사냥을 하는 게……"

잠자코 그들을 지켜보고만 있던 샤크란이 불쑥 대화에 끼어들었다.

"그렇지 않습니다, 레미르 님. 세일론의 말처럼, 이번에는 여기서 마무리 짓고 지나가는 게 여러모로 우리에게 이득일 것 같습니다."

레미르가 샤크란을 향해 고개를 돌리며 말했다.

"왜 그런지 설명해 주실 수 있을까요?"

샤크란이 고개를 끄덕이며 대답했다.

"지금 당장의 이득을 생각한다면 레미르 님의 말처럼 놈을 잡고 보상을 얻는 게 좋을지도 모르겠습니다. 하지만 우린 상대적 이득도 고려해야만 합니다."

"상대적 이득요?"

샤크란의 말이 이어졌다.

"그렇습니다. 지금 우리가 놈을 그대로 여기에 두고 떠난다면, 110구역은 한동안 우리를 제외하고는 어떤 유저들도 통과할 수 없는 곳이 되어 버리겠죠. 지금 여기 있는 랭커들을 제외한 채 다른 유저들끼리 파티를 꾸린다면, 셀라쿠마를 상대할 전력은 쉽게 나오지 않을 겁니다."

샤크란의 설명에, 레미르가 천천히 고개를 주억거렸다.

"으음, 제 생각이 짧았군요. 상대적 이득이라…… 확실히 중요한 부분이죠."

특히나 110구역 통과 여부는 120구역보다도 더 큰 의미를 가지고 있었다.

마계에서 접할 수 있는 최초의 도시인 '분노의 도시'가 100구역에 자리 잡고 있기 때문이었다.

분노의 도시가 100구역에 있다는 정보는 이미 LB사에서 공식적으로 패치 노트에 언급한 부분이었으므로, 일행 모두가 알고 있는 사실이었다.

일행의 의견을 모은 레미르가 셀라쿠마를 향해 고개를 돌리며 입을 열었다.

"좋아, 그대의 말대로 전투는 여기서 멈추도록 하지."

셀라쿠마가 씨익 웃으며 대답했다.

"잘 생각했다. 그게 서로에게 유리한 훌륭한 결정이다."

레미르가 고개를 끄덕이며 대답했다.

"우리 서로 윈윈했다고 생각하자고."

그와 동시에 일행의 눈앞에 기다렸던 시스템 메시지가 떠올랐다.

-최초로 110구역을 지키는 수문장을 상대로 승리하셨습니다.

-명성을 40만 만큼 획득합니다.

-이제부터 마계 수문장 '셀라쿠마'가 관문을 지키고 있는 동안은, 110구역의 포털을 마음대로 이용할 수 있습니다.

레미르의 입꼬리가 씨익 말려 올라갔다.

'좋았어.'

그렇게 셀라쿠마와 성공적인 거래를 마친 다섯 명의 유저는 109구역을 향해 열려 있는 포털로 망설임 없이 걸음을 옮겼다.

그리고 레미르는, 누군가에게 조용히 속삭이듯 입을 열어 혼잣말을 했다.

"카산드라, 이번에는 어때? 이번에는 확실히 내가 '그'보다 먼저 이곳을 지났겠지?"

레미르의 중얼거림과 동시에, 그녀의 손바닥에서 새하얀 불길이 타오르더니 동그란 구체가 하나 떠올랐다.

그리고 그 안에서 얼굴을 내비친 카산드라가 싱글싱글 웃으며 대답했다.

－글쎄. 그럴 수도 있고, 아닐 수도 있어.

이번에는 당연히 최초라고 생각했던 레미르의 얼굴이 확 일그러졌다.

"뭐지? 어떻게 그럴 수가 있는 거야? 이번에는 분명 '최초'로 110구역의 수문장을 상대로 승리했다는 메시지도 확인했는걸?"

카산드라가 손가락을 까딱거리며 대답했다.

－물론 셀라쿠마를 상대로 승리한 건, 네 파티가 최초야. 하지만 그가 '상급 마족의 인장'을 가지고 있다면 얘기는 달라지지.

레미르가 109구역으로 향하는 포털 문을 밟으며 말을 이었다.

"'상급 마족의 인장'? 그게 뭔데?"

－쉽게 설명하면, 마족들로부터 상급 마족의 대우를 받을 수 있게 해 주는 아이템이지. 그게 있으면 상급 마족 이하의 계급을 가진 수문장이 지키는 구간은 프리패스로 지날 수 있거든.

"……?"

－만약 '그'가 얀쿤으로부터 상급 마족의 인장을 얻었다면 110구역은 그냥 지날 수 있었을 거야.

우우웅－.

포털을 통과해 109구역에 진입하자, 일행은 왁자지껄 떠들며 서로의 노고를 칭찬하고 최초로(?) 109구역을 밟은 것에 대해 자축하기 바빴다.

하지만 레미르만큼은 그럴 수 없었다.

"그걸 왜 이제 말해 주는 거야? 그럼 우리도 만약 셀라쿠마를 죽였다면 상급 마족의 인장이라는 것을 얻을 수도 있었던 것 아니야?"

카산드라가 고개를 절레절레 저으며 대답했다.

－아니, 그랬다면 내가 미리 너에게 귀띔을 해 줬겠지. 상급 마족의 인장은 그렇게 쉽게 얻을 수 있는 물건이 아니야. 셀라쿠마에게서 인장을 얻어 내고 싶었다면, 그에게 완벽한 인정을 받아야 해.

"……?"

카산드라가 씨익 웃으며 한마디 덧붙였다.

－최소한 1:1의 싸움으로 완벽한 승리를 거둬야 그에게서 인정을 받을 수 있었을 거야.

징벌의 탑 10층으로 올라간 이안은, 어렵지 않게 얀쿤을 찾아낼 수 있었다.

커다란 원형으로 생긴 뇌옥 10층의 정중앙에, 얀쿤이 가부
좌를 틀고 앉아 있는 것이 바로 눈에 보였기 때문이었다.

특이한 점은, 얀쿤은 갇혀 있지 않다는 것이었다.

얀쿤이 가부좌를 틀고 앉아 있는 위치를 중심으로 오방五
方에 다섯 개의 기둥이 각각 세워져 있을 뿐, 창살 같은 것은
존재하지 않았다.

이안은 조심스레 얀쿤에게 다가갔다.

'날 기억하고 있겠지?'

대규모 패치가 있기 전 비정상적인 방법으로 맺었던 관계
였기 때문에 이안은 조금 불안하긴 했다.

'하지만 뭐…… 퀘스트도 그대로 남아 있으니까…….'

얀쿤의 바로 앞까지 다가간 이안은 천천히 입을 열었다.

"얀쿤, 네 부탁을 해결하고 돌아왔어."

하지만 이안의 말에도 얀쿤은 미동조차 하지 않았다.

'뭐지? 자는 건가?'

이안이 얀쿤의 몸을 툭툭 건드려 보려 할 때, 그의 눈이 번
쩍 뜨였다.

"생각보다 빨리 돌아왔군, 이안."

이 말인 즉, 얀쿤이 이안을 기억하고 있다는 이야기였다.

이안은 그럴 것이라 생각했음에도 비로소 안도의 한숨을
내쉴 수 있었다.

'휴우, 내 마스터플랜이 차질 없이 진행될 수 있겠어.'

얀쿤의 말이 이어졌다.

"내 부탁을 해결했다는 말은 오염된 마물들이 생겨나는 이유를 알아 왔다는 뜻인가?"

이안이 싱글벙글한 표정으로 고개를 끄덕였다.

"후후, 그렇지. 이유만 알아낸 것이 아니라, 그 근원 자체를 뿌리 뽑았다."

이안의 대답에 얀쿤의 두 눈에 이채가 어렸고, 이안은 천천히 설명을 시작했다.

"그러니까, 마수들이 오염되기 시작한 근원은 바로 '카오스 스톤'이었어."

이안은 퀘스트를 해결하는 동안 겪었던 일들을 얀쿤에게 간략하게 설명했다.

그리고 설명이 끝나자, 그와 동시에 퀘스트의 성공을 알리는 시스템 메시지가 떠올랐다.

띠링-.

-'마계 수문장 얀쿤의 부탁 Ⅰ (연계)' 퀘스트를 성공적으로 클리어하셨습니다.

-클리어 등급 : SSS

-명성을 10만 만큼 획득하셨습니다.

-경험치를 157,688,900만큼 획득하셨습니다.

-중급 마정석을 스무 개만큼 획득하셨습니다.

−'악마의 순혈' 아이템을 획득하셨습니다.

−클리어 등급을 트리플 S등급으로 달성하여 '얀쿤'과의 친밀도가 5만큼 상승합니다.

그리고 주르륵 떠오르는 시스템 메시지들 중에서 이안의 두 눈에 가장 먼저 들어온 것은, 단연 '악마의 순혈'이었다.

'크으, 드디어! 드디어 악마의 순혈을 손에 넣었어.'

악마의 순혈은 지금 이안이 진행 중인 모든 퀘스트와 달성 과제의 핵심과도 같은 열쇠였다.

그렇기에 이안의 기분은 날아갈 것 같았다.

한편, 행복해하는 이안과는 별개로 얀쿤의 입이 다시 천천히 열렸다.

"크흐음……. 그런 일이 있었군. 카오스 스톤의 힘이 지금까지 마물들을 오염시키고 있었을 줄이야……."

얀쿤은 가부좌를 튼 자세 그대로, 한 치의 미동도 없이 계속해서 말을 이었다.

"어쨌든 그대 덕분에 내 형량을 제법 줄일 수 있겠군."

"……?"

얀쿤의 말에 이안이 의아한 표정으로 다시 물었다.

"그건 또 무슨 말이야. 형량을 줄이다니."

얀쿤이 빙긋 웃으며 대답했다.

"보다시피, 난 지금 여기에 갇혀 있는 신세다. 본래대로라면 최소 두 달 동안은 여기서 나갈 수 없지만, 그대가 내 죄

목 중 하나를 해결해 주었으니, 아마 한 달 정도면 나갈 수 있을 듯하다."

그의 말에 이안은 얀쿤이 앉아 있는 주변으로 손을 휘휘 저어 보았다.

뭔가 결계 같은 것이라도 있는지 확인해 보려는 행동이었다.

하지만 아무리 저어 봐도 이안의 손에는 그 어떤 것도 부딪치는 것이 없었다.

"으음? 너 지금 갇혀 있는 거야? 그냥 일어나서 여길 나가면 되는 거 아닌가?"

얀쿤이 피식 웃으며 고개를 저었다.

"겉으로 보기에는 그럴지 몰라도, 난 지금 사지를 하나도 움직일 수 없는 상태다."

"으음……?"

"내가 지금 움직일 수 있는 건, 목 윗부분 정도. 그것도 조금씩 밖에 움직일 수 없지."

이안이 얀쿤의 주변에 세워져 있는 기둥들을 가리키며 물었다.

"이 주변에 세워진 기둥들과 연관이 있는 거야?"

얀쿤이 대답했다.

"그렇다. 저 기둥들이 내 마기를 봉인하고 신체의 움직임을 제어하고 있지."

그 말에 이안이 등에 메고 있던 정령왕의 심판을 꺼내어 들며 휘휘 휘둘렀다.

부웅―.

"그럼 내가 저걸 다 부숴 버리면?"

얀쿤이 쓴웃음을 지으며 고개를 저었다.

"아마 그대와 나 둘 다 내일 해를 볼 수 없을 거다. 그대가 기둥을 공격하는 순간, 탑의 주인이 포털을 타고 이곳으로 내려오겠지."

"탑의 주인? 이 징벌의 탑에 주인이 따로 있는 건가?"

얀쿤이 눈을 살짝 감으며 대답했다.

"마계 서열 15위를 차지하고 있는 증오의 마왕 루시카. 그가 이곳의 주인이다. 나를 굴복시킨 이안, 그대도 충분히 강력하지만, 마왕은 나 따위와는 비교도 되지 않을 정도로 강한 존재다."

얀쿤의 설명에 이안이 속으로 투덜거렸다.

'마왕인지 뭔지 이름만 들어도 무시무시한 놈이랑은 나도 싸울 마음이 없다고.'

얀쿤이 말을 이었다.

"그대라 하더라도 아직 마왕을 상대하기에는 턱도 없이 부족하다."

"뭐, 그렇군."

"그래서 염치없지만 내 부탁을 하나 더 들어줄 수 있겠는가?"

그리고 '얀쿤의 부탁' 퀘스트의 연계 퀘스트 창이 이안의 시야에 떠올랐다.

띠링-.

마계 수문장 얀쿤의 부탁 II (연계)

마계 십이지장의 일인이자, 마계로 통하는 관문을 지키는 수문장인 얀쿤. 얀쿤은 마계의 원로회로부터 백 일 형을 선고받아 징벌의 탑에 갇히게 되었다.

그의 죄는 바로, 마계 원로회로부터 받은 명령을 제대로 이행하지 못한 것.

그는 마계 120구역의 관문을 이종족으로부터 지켜 내라는 임무와, 오염된 마수들의 근원을 찾아내라는 임무를 완수해 내지 못했다는 죄 몫으로 징벌의 탑에 갇히게 된 것이었다.

하지만 마계 50구역 밖의 관문들은 고위 마족들이 지금까지 크게 신경 쓰지 않았던 곳이었고, 그렇기에 그중에서도 가장 외곽의 관문인 120관문이 뚫리는 일은 지금까지 비일비재했다.

또한 마수들을 오염시킨 근원을 찾아내는 임무 역시 지금까지 여러 마족들이 실패했었지만 큰 처벌을 받지 않았다.

그렇기에 얀쿤은 자신이 징벌의 탑에 갇히게 된 데에, 어떤 흑막이 있을 것이라 짐작하고 있다.

얀쿤을 도와 그의 억울함을 풀어 주고, 그를 징벌의 탑에서 꺼내 주자.

퀘스트 난이도 : SS

퀘스트 조건 : 수문장 얀쿤의 인정을 받은 유저.
'마계 수문장 얀쿤의 부탁 I (연계)' 퀘스트를 성공적으로 클리어한 유저.

제한 시간 : 없음

보상 : 하급 마정석 x30, 중급 마정석 x15

*상급 마족인 '얀쿤'을 가신으로 거둘 수 있게 됩니다. (단, 악마의 순혈을 얻어 반인반마가 되는 데 성공한 유저에 한함.)

*거절하면 '마계 수문장 얀쿤'과의 친밀도가 대폭 하락합니다.

지금까지 보아 온 퀘스트 창 중에 역대로 많은 스토리를 담고 있었기에, 이안은 하나하나 꼼꼼히 읽어 내려갔다.

　"그러니까…… 얀쿤, 네가 어떤 누명 같은 것을 쓴 것 같다는 거지?"

　얀쿤이 고개를 끄덕였다.

　"그렇다. 누명을 썼거나, 아니면 어떤 이해관계에 의해 희생된 것이겠지."

　이안은 어깨를 으쓱하며 대답했다.

　"좋아, 뭐 도와주도록 할게. 그런데 궁금한 게 하나 있어."

　"뭔가?"

　이안이 얀쿤의 주변을 둘러싸고 있는 기둥들을 가리키며 말을 이었다.

　"백 일 형이라는 게, 이 징벌의 탑에 백 일 동안 갇혀 있어야 하는 얘기 맞지?"

　"그렇다."

　"그런데 그게 그렇게 큰 형벌이야?"

　이안으로서는 궁금할 수 있는 내용이었다.

　인간 세계에서도 3개월 남짓의 기간인 백 일 정도 투옥되는 형벌은 그리 중형이라고 볼 수 없다.

　그러니 하물며 인간보다 수명이 훨씬 길다고 알려진 마족들에게는 더욱 가벼운 형벌일 것이라 생각된 것이다.

　한데 퀘스트 창에는 무거운 형벌이라고 쓰여 있었기에 궁금증이 인 것이다.

"흐음…… 이 징벌의 탑에 대해 잘 모르는군. 하긴, 당연한 것이겠지."

"음……?"

얀쿤이 쓰게 웃으며 말을 이었다.

"마족은 이 징벌의 탑에 갇혀 있는 시간에 비례하여, 마기를 빼앗기게 된다."

이안의 눈이 살짝 커졌다.

"마기를 빼앗긴다고?"

얀쿤이 고개를 끄덕였다.

"그렇다. 백 일의 형량을 가득 채우고 나면, 나는 지금까지 모아 뒀던 마기의 5분의 1 정도 되는 어마어마한 양의 마기를 잃게 되지."

이안은 의아한 표정이 되었다.

"그게 어떤 의미지?"

그의 물음에 얀쿤이 이안을 잠시 빤히 쳐다보더니 다시 입을 열었다.

"마기의 개념에 대해서 모를 줄이야. 그대에게서도 미약하지만 마기가 느껴지는데, 마기가 뭔지도 모르면서 지니고 있었던 건가?"

이안은 그제야 자신이 '마기'라는 능력치를 얻었던 것이 생각났다.

'아, 맞다. 그 고정 대미지 주는 능력치가 마기였지.'

이안은 마계 최초 보상으로 받았던 마기라는 능력치를 지금까지 전투에서 계속 발동시켰으면서도, 비중이 크지 않아 잊고 있었던 것이었다.

"아, 생각났어. 내가 지금 2,500이 조금 넘는 수준의 마기를 가지고 있네."

이안의 말을 듣고 난 얀쿤은 '마기'에 대한 설명을 이어 갔다.

"그래, 그대는 고작 2천 정도의 마기를 갖고 있을 뿐이지만 이곳에 들어오기 전 내가 보유하고 있던 마기는 5만에 가까운 어마어마한 양이었다."

그 말에 이안은 자신도 모르게 헛바람을 집어삼키고 말았다.

'헉! 뭐야, 마기가 5만이면, 발동률이 10퍼센트만 되도 어마어마한 수치잖아? 고정 대미지가 5만이 훅 들어오는 걸 생각하면 진짜 끔찍한데…….'

얀쿤의 말이 계속되었다.

"하지만 이 징벌의 탑에 갇혀 있는 동안, 내 마기는 하루에 100만큼씩 증발하게 된다. 그래서 백 일 형을 모두 채우고 나면, 1만이나 되는 어마어마한 양의 마기를 잃게 되는 거지."

"……."

여기까지 듣고 나니, 얀쿤의 형벌이 중형이라는 것이 충분히 느껴졌다.

"하루라도 빨리 꺼내 줘야겠네."

이안의 말에 얀쿤이 고개를 끄덕였다.

"그렇다. 여기서 하루라도 빨리 나가야 내 마기를 조금이라도 더 보존할 수 있는 것이다. 게다가 내가 가장 분통터지는 건 여기에 들어오기 전, 마기 5만을 코앞에 두고 있었기 때문이다."

"5만이라는 수치에 어떤 의미가 있어?"

"큰 의미가 있지."

잠시 뜸을 들인 얀쿤이 다시 입을 열었다.

"마기가 5만을 넘으면, 상급 마족이 노블레스가 되기 위한 도전 자격을 얻을 수 있다."

"……!"

이안의 머리가 빠르게 회전하기 시작했다.

'그러니까…… 정리해 보자.'

그는 머릿속에서 퀘스트 창에 쓰여 있던 내용부터, 얀쿤에게 들었던 내용까지 정리해 나갔다.

'지금 이 연계 퀘스트를 제대로 성공시키고 나면 얀쿤을 확실히 내 가신으로 영입할 수가 있고…….'

반인반마가 되어야 한다는 조건이 있었지만, 지금 이안의 수중에는 '악마의 순혈' 아이템이 있었으므로 이미 달성된 조건이나 마찬가지였다.

'얀쿤의 말로 유추해 봤을 때 현재 이놈의 마기는 대충 4만 6천~7천 정도겠지?'

얀쿤은 징벌의 탑에 수감되기 전 자신의 마기가 5만에 가까웠다고 얘기했고, 지금 얀쿤이 수감된 지는 한 달 정도가 되었으니 얼추 계산해 낼 수 있었던 것이었다.

'내가 최대한 빨리 이놈을 여기서 구출해서 가신으로 삼고, 조금만 더 키우면 난 노블레스 등급의 마족을 가신으로 얻을 수 있게 되는 거잖아?'

여기까지 생각이 미친 이안의 표정이 더욱 의욕적으로 변했다.

"좋아, 얀쿤!"

갑자기 파이팅 넘치는 목소리로 자신을 부르는 이안을 보며, 얀쿤은 어리둥절한 표정이 되었다.

"갑자기 무슨 말인가?"

이안이 씨익 웃었다.

"내가 최대한 빨리, 널 여기서 꺼내 주겠다고."

이안이 주먹까지 불끈 쥐며 의지를 불태우자, 얀쿤은 감동스런 표정이 되었다.

"오오…… 염치없는 부탁이었는데 날 위해서 이렇게까지 해 주다니. 이 은혜는 꼭 갚도록 하겠다."

그리고 시스템 메시지가 한 줄 떠올랐다.

―상급 마족 '얀쿤'과의 친밀도가 5만큼 추가로 상승합니다.

NPC와의 친밀도는 가신으로 등용하고 난 뒤의 충성도와 직접적인 연관성이 있다.

이안은 싱글벙글한 표정이 되었다.

"얀쿤, 그럼 내가 뭐부터 하면 될까?"

이안의 물음에 얀쿤이 곧바로 대답했다.

"분노의 도시 외곽 지역을 돌다 보면, 두 번째로 큰 저택을 발견할 수 있을 거다."

"음⋯⋯?"

"그곳이 바로 이 분노의 도시의 부 성주이자 노블레스들 중에서도 상위의 전투력을 가진 '세라핌' 님이 계신 곳이다, 이안."

'세라핌'이라는 이름을 들은 이안이 고개를 갸웃하며 재빨리 퀘스트 창을 열어 보았다.

'세라핌? 어디서 들어 본 이름인데⋯⋯.'

퀘스트 창을 꼼꼼히 살피던 이안은 이리엘에게서 받은 '마족의 태동 II' 퀘스트에서 그 이름을 발견할 수 있었다.

'아하, 어차피 내가 찾아갔어야 하는 인물이잖아!'

얀쿤의 말이 다시 이어졌다.

"이안, 그대가 세라핌 님에게 가서 내가 여기 갇혀 있다는 사실을 얘기해 주고, 마수들을 오염시켜 왔던 근원을 제거했다는 것을 전달해 줬으면 한다."

"그러면 끝이야?"

"그 뒤는 아마도 세라핌 님께서 알아서 하실 거다. 이안, 그대에게 어떤 임무를 전달하실 수도 있고……."

이안의 표정이 살짝 구겨졌다.

'그럼 그렇지, 더블S등급의 퀘스트가 그렇게 간단하게 끝날 리가 없지.'

이안은 천천히 고개를 끄덕이며 자리에서 일어섰다.

"좋아, 얀쿤. 그럼 난 그를 찾아서 바로 움직이겠어."

"고맙다, 이안."

"그런데, 그 세라핌이 살고 있다는 저택……."

"음?"

이안이 한숨을 쉬며 말을 이었다.

"분노의 도시에서 두 번째로 큰 저택이라는 단서 말고는 다른 정보는 없는 거냐?"

분노의 도시는 어지간한 마계의 구역 여러 개를 합친 것만큼 어마어마하게 넓었다.

그렇기에 이안의 입에서 한숨이 새어나온 것이었다.

가신들도 전부 성 밖에 두고 왔기에, 넓은 지역을 샅샅이 뒤지는 것이 더 어려웠기 때문이기도 했다.

"아, 아쉽게도……."

"뭐, 할 수 없지. 열심히 찾아보는 수밖에."

그런데 그때, 얀쿤이 뭔가 생각났다는 듯 이안을 향해 말했다.

"아 참, 이안. 분노의 도시로 들어오는 길에 혹시 헤이스카를 만났나?"

"헤이스카라면…… 그 도시로 들어오는 문을 지키고 있던 평마족 녀석?"

얀쿤이 고개를 끄덕였다.

"그래, 바로 그놈."

그와 동시에 얀쿤의 품속에서 작은 두루마리 하나가 빠져나오더니 이안의 앞에 두둥실 떠올랐다.

얀쿤의 말이 다시 이어졌다.

"이걸 들고 녀석을 찾아가면 아마 그대를 도와줄 거다."

이안이 반색하며 물었다.

"오호, 헤이스카가 네 부하라도 되나 보네?"

"뭐, 비슷하다."

얀쿤에게서 받은 두루마리를 집어 들어 품속에 갈무리한 이안은, 미련 없이 걸음을 돌렸다.

"그럼 가 보도록 하지."

얀쿤이 힘 있는 목소리로 대답했다.

"무운을 빈다, 이안."

이안이 씨익 웃었다.

"걱정 말고 기다려. 금방 해결하고 돌아올 테니까."

징벌의 탑을 나서는 이안의 발걸음이 점점 더 빨라졌다.

그리고 이안은 걸음을 옮기며 인벤토리 안에 있던 붉은 구슬 하나를 꺼내어 들었다.

그것은 바로, 얀쿤에게서 받은 '악마의 순혈' 아이템이었다.

to be continued

예가음 신무협 장편소설

반선마제

도박, 여색, 술…… 유흥만 밝히던 화화공자
억지 춘향으로 천하제일인의 후예가 되다!

천하제일인 진마존의 유진을 찾기 위해
정, 사, 마 고수들이 싸움을 벌였던 곳, 북해
그곳에, 방탕한 삶을 살던 유빈이 집에서 쫓겨나듯 가게 되는데……

어떻게든 중원으로 돌아가겠다 다짐했건만
자칭 진마존의 후예이자 무림공적 혁천세와 마주치고 만다

살려 주는 대신 일 년 동안 그의 행세를 해라!

차디찬 얼음의 땅에서 살아 돌아가기 위한
한 남자의 무공 수련이 시작된다!

더페이서 현대 판타지 장편소설

두 번
사는
플레이어

죽기 위한 전투는 끝났다! 전소한 불나방의 두 번째 삶!
『두 번 사는 플레이어』

압사당한 아버지, 온몸이 찢긴 어머니
산 채로 잡아먹힌 여동생, 난자당한 연인까지
미친 듯 몬스터에 맞서다 전사한 정우가 돌아간 곳은 14년 전?

가혹한 운명에 맞선 자에게 온 보상! 포기란 없다!

몬스터 사체를 이용, 각종 무기로 무장한 뒤
플레이어를 모아 길드 창립해 헌터들의 꼭대기에 선 그는
모든 일의 원흉인 소행성을 막기 위한 전투에 돌입하는데……

지키고 싶은, 지켜야 하는 이들의 앞에 선
가장 치명적인 병기의 화려한 전투가 시작된다!

정한담 장편소설

황색탄환

『태평천하』의 정한담
올 시즌 그라운드에 외계인을 던지다!

외계인을 신으로 모시는 무당 어머니 덕에
뛰어난 피지컬과 머리를 가지게 된 이민혁
축구부에 들어가 전국대회에서 활약하고
오성그룹의 지원을 받아 외국으로 향하는데……

축구의 성지, 유럽에서
탁월한 득점 능력과 드리블로 한국인들을 두근거리게 할
그의 압도적인 활약이 시작된다!

레버쿠젠, 차붐을 기억하는 그곳에서
'황색탄환'의 응원가가 울려 퍼지다!

ROK
MEDIA
롬미디어

이한성 현대 판타지 장편소설

못 나가던(?) 싱어송라이터
뮤지션의 정점에서 세상을 노래하다!

가망 없는 싱어송라이터의 꿈을 접고
영세 엔터테인먼트의 사장이 된 한지혁,
소속 가수를 구하려다 사망……
눈떠 보니 과거로 돌아왔다?

음악의 신들이 당신의 뒤에서 웃음 짓습니다

귀 밝은 악성, '들리지 않는 예술가'
전설의 기타리스트, '여섯 현의 마술사'
록밴드의 신화, '또 하나의 여왕'
매력 넘치는 신들과 함께라면 어떤 장르든 OK!

건드리는 음악마다 히트, 또 히트!
만능 엔터테이너 한지혁의 짜릿한 성공기!

철종 哲宗

강동호 대체역사 소설